ENSAIO
SOBRE
QUEM
SOMOS

ENSAIO
SOBRE
QUEM
SOMOS
MAURI KÖNIG
KOTTER
EDITORIAL

COORDENADOR EDITORIAL
Sálvio Nienkötter

EDITOR EXECUTIVO
João Lucas Dusi

EDITORES ADJUNTOS
Claudecir Rocha / Daniel Osiecki

CAPA
Paula Villa Nova

PROJETO GRÁFICO
Andre Luiz C. Mendes

PRODUÇÃO
Cristiane Nienkötter

DADOS INTERNACIONAIS DE CATALOGAÇÃO NA PUBLICAÇÃO (CIP) Angélica Ilacqua – CRB-8/7057

König, Mauri

Ensaio sobre quem somos / Mauri König. – Curitiba : Kotter Editorial, 2022.

176p.

ISBN 978-65-5361-155-9

1. Contos brasileiros I. Título

22-6947 CDD B869.8

KOTTER EDITORIAL
Rua das Cerejeiras, 194
82700-510 | Curitiba/PR
+55 41 3585-5161 | www.kotter.com.br | contato@kotter.com.br

1ª EDIÇÃO | 2022

SUMÁRIO

PRA NÃO MORRER DE CERTEZAS

Mauri König está curado. Com o livro de contos *Ensaio sobre quem somos* ele pode se declarar livre de um mal que atinge jornalistas de tudo que é fronteira – o "mal de Janet Malcolm". Janet (1934-2021), até pouco tempo decana da imprensa mundial, declarou certa feita que o jornalismo lhe tinha roubado a capacidade de imaginar. Sentia-se doente, uma viciada em histórias reais, colhidas na horta da reportagem – e achava tarde para "mudar de pele", como escreveu no melancólico relato "Reflexões sobre uma autobiografia abandonada".

Faz tempo, os mais próximos bem o sabem, Mauri desejava se agarrar à ficção, qual Janet. Mas parecia um condenado a mil anos de prisão, encarcerado nos próprios talentos. "Por favor, não é A-mau-ri, meu nome é Mau-ri", repetia volta e meia, alto e bom som, na redação do jornal, a uma secretária ou secretário qualquer que lhe davam um cansaço antes de chegar a uma fonte. Não importava se na noite anterior ele tivesse arrebatado o "Maria Moors Cabot Prize", da Columbia University, o Esso, ou qualquer outro dos muitos prêmios estrelados de sua coleção – tinha sempre de repetir como se chamava e a que vinha, como se fosse um noviço no ofício.

Esse ritual de Sísifo foi seu café da manhã por uma vida e meia. Quanto mais reconhecido se tornava, mais intrigante era vê-lo qual um Quixote disposto a explodir os esconderijos das informações, à revelia das pedras que rolavam contra ele, sem piedade. "Alô... aqui é o Mauri König." O processo da apuração podia ser tenso, assertivo e, bom, era melhor sair de baixo sempre que franzia o cenho. O casamento desse guri com o jornalismo nunca foi dado a bonanças.

Uma vez de posse do que queria, aplicava seu estilo cortante, à moda dos repórteres clássicos, aqueles que nunca esquecem o que é uma verdade fatual e não desdenham do interesse público. Fazia tudo isso numa mesa cheia de pequenas anotações, rasuradas em pedacinhos de papel, cortados com a mão e cuja sequência só ele entendia. A gente devia ter fotografado.

Nascia ali o ficcionista?

Diz-se que Clarice Lispector compunha seus livros assim – intercalando como um carteado as narrativas escritas em tirinhas, deixadas a esmo pela casa. Pois suspeito que Mauri montava reportagens com aquela pilha de pequenos lembretes para si mesmo, sujeitos à malícia de um vento encanado ou à fúria de uma diarista aplicada.

***

"Eu escrevo algumas coisas", admitia vez ou outra, quando se permitia espreguiçar e falar de seus desejos literários, antes de extrair uma manchete qualquer, pautado até os dentes. Poucos fazem essa tarefa tão bem, aliás. Daí não serem muitos os que lhe batiam às costas, aprovando, sempre que confessava ser um cara da invenção, prestes a se render ao abismo dos contos e romances. Cheguei a lhe dizer que ganharia um bom dinheiro, escrevendo livros paradidáticos, explicando coisas difíceis para as massas. Só que não – ele permanecia um autor em busca de um personagem – gente como Alceu, o carrinheiro, pobre de Marré Desci, seu entrevistado durante inacreditáveis cinco anos. Ou o sujeito solitário que encontrou numa ilhota do Rio Iguaçu. E ainda o morador das galerias da Rua dos Chorões, no Centro de Curitiba.

Todos esses e mais uma Torre de Babel inteira posaram para ele, em perfis, lindamente talhados na escola do jornalismo literário, uma das fontes em que costuma beber. Aplaudido pela capacidade de encontrar e produzir notícias, dava a entender que era no regaço do povo de carne e osso que encontrava seu pouso. Mas, antes que adoecesse de personagens reais – que lhe roubariam de vez a capacidade de imaginar –, suspeito que passou mais e mais a remexer na sua caixa de brinquedos imaginária. Ali, os sonhos transam adoidado com a realidade.

Estão neste livro as provas do crime.

Nem é preciso gastar tempo com questões bizantinas em torno da realidade e da ficção. Bocejemos. O fato é que antes de se tornar uma atormentada Janet Malcolm, preferiu ser o König, um sujeito que, saibam, antes do jornalismo passou pelas Letras e a elas – estava escrito – tinha de voltar. Voltou. É certo que a imprensa lhe deu régua e compasso. Bonito ver ganhar forma, em alguns contos, personas e situações que um dia encontramos em matérias assinadas por Mauri. Um dia reduzidas às fórmulas positivistas da reportagem, agora ganham asas, pulsões de vida e morte, gritos e sussurros, confissões amorais. Mauri não se deixou emascular pela realidade – talvez seja esse o mais importante de seus prêmios.

A propósito – *Ensaio sobre o que somos* é, como se diz, uma delícia. Nosso amigo está ali por inteiro. Podemos vê-lo, concentrado em seus papeizinhos, criando mundos em seis dias. Vem com coragem, essa virtude que faz tão bem ao jornalismo quanto à literatura. É verdade que quase nos queima com seu humor ácido, por pouco não nos sangra também. Mas ainda assim, nos brinda com os olhos de um menino, como se enxergasse esse planeta velho e cansado pela primeira vez. O operário da realidade se deixa dirigir pelas ficções – e faz questão de nos levar com ele. Aceite o convite – é um santo remédio.

José Carlos Fernandes

ENSAIO SOBRE QUEM SOMOS

A PAIXÃO DE XANDINHO

A loira de grandes nádegas é tentação demais para o pobre Xandinho. A mãe não imagina em que tipo de trabalho o filho está metido. Ela e o pastor nem desconfiam que o menino anda com os bolsos cheios de obscenidades. Embora disponha de um repertório variado de imagens, é a loira que o atrai. A bunda enorme se sobressai, mas Xandinho se fixa mesmo é nos olhos lânguidos que, pela posição da foto, fica em segundo plano, ao fundo. Os olhos são o que a moça tem de melhor, mas a perspectiva da imagem precisa mostrar o que ela tem para vender.

Xandinho faz parte de uma galera paga para dar uma nova função aos telefones públicos que ficaram obsoletos e ociosos com o avanço da telefonia móvel. De segunda a sexta, ele e seu grupo percorrem sem trégua cada um dos orelhões da área central da cidade. Às vezes, a turma se junta em arrastão numa varredura mais detalhada onde há maior concentração de aparelhos. Precisam ser ágeis no serviço, e ainda assim não passa uma semana sem que ao menos um deles caia nas mãos da polícia. Trata-se na verdade um ardil dos policiais corruptos para negociar com os donos do negócio.

A turma à qual Xandinho acabara de se incorporar é de panfleteiros que trabalham às claras para divulgar um negócio feito às escuras em apartamentos suspeitos e hoteizinhos baratos. Pagos para entupir as cabines telefônicas com publicidade de garotas de programa, eles vivem numa acirrada disputa que rendeu muito quebra-pau e os forçou a fazer um acordo informal. Na verdade, os patrões firmaram o pacto com aval da polícia para não chamar atenção em campo aberto. Assim, a cidade foi loteada por zona. Literalmente.

Por uns trocados, homens e adolescentes trabalham abastecendo os telefones públicos com panfletos ofertando sexo barato. Não há no centro da cidade uma cabine sequer que não tenha virado balcão de anúncio, cheio de prospectos de conteúdo impróprio para menores de idade. Os panfleteiros recolhem a propaganda do concorrente para colocar a sua. Esse tira-e-põe já havia desencadeado uma guerra. Teve até mortes, mas a polícia nunca investigou os casos. Foi só na quinta morte que os patrões do sexo firmaram um armistício e lotearam a cidade.

Um primo conseguiu o emprego para Xandinho, que andava desalentado diante de tantas portas fechadas. A mãe também não deixava por menos. O filho tinha acabado de completar 15 anos, estava na hora de contribuir com o dízimo na igreja. Era o que o pastor dizia dia após dia, em casa e na igreja. Foi por influência do líder espiritual que a mãe pôs o filho na escola à noite para que ele pudesse trabalhar de dia. Se os fiéis não colaborarem, como a igreja vai sustentar a sua missão de mandar as pessoas para o céu?

Xandinho bate à porta do apartamento 2002. Uma coroa de olhos cansados e carregados de maquiagem o recebe na porta. "O Taquara me mandou aqui", ele se adianta. A mulher o mira de alto a baixo com ar esnobe e indiferente. "Vinte por dia", anuncia. "Mas o Taquara disse que era trinta", ele retruca. "Vinte. E não tente me enganar porque vai ser pior pra você", ela adverte com severidade. "Só me apareça aqui no fim do dia", diz ao dar por encerrada a conversa depois de colocar nas mãos do menino um punhado de folhetos.

Ele sai manuseando os panfletos até se posicionar diante do elevador. Tem loira, morena, negra, oriental, magrinha, gordinha. Quando a porta se abre, disfarça a ereção ao perceber que tem gente lá dentro. Não tarda a se dar conta que pôs sobre o púbis as mãos repletas de panfletos de mulheres nuas. Sente o rosto queimar ao perceber a distinta senhora a olhar para suas mãos e imaginar o que há debaixo delas. É constrangimento demais para um primeiro emprego. O Taquara bem que podia ter arranjado coisa melhor.

Ele sai com o itinerário em mente. Teria de abastecer trinta orelhões em três ruas, quinze quarteirões. O roteiro consome meia hora sem parar, ritmo acelerado. A reposição é necessária porque os clientes pegam o material ou porque há quem retire a propaganda obscena exposta aos olhos de toda gente. As primeiras três horas deixam Xandinho ofegante. No horário combinado, encontra-se no intervalo com Taquara e os outros colegas de profissão. O almoço se resume a uma coxinha gordurosa e uma latinha de refri.

Durante a conversa, descobre ser um luxo trabalhar para a Índia, a cafetina mais respeitada do pedaço. Pertencer à equipe dela significa integrar um grupo intocável depois do armistício dos patrões. A maior aliada da Índia é nada menos do que a polícia. Logo no primeiro emprego o pirralho já está bem-posicionado na vida. Uma hora o Taquara iria cobrar isso, com certeza. E é justamente ele quem mais fala e gesticula no meio daquela dezena de panfleteiros. Vencido o tempo, precisam voltar ao trabalho.

Há uma lógica na distribuição dos panfletos. Cada garota está impressa num maço do material e cada orelhão deve receber panfletos de todas elas. Xandinho distribui sem prestar atenção à imagem do papelzinho, apenas segue as determinações, até um dos maços cair no chão e ter de se abaixar para pegá-lo. Nisso, uma bunda salta à cara. São nádegas volumosas sob coxas grossas e bem torneadas, uma marca de biquíni pontuando em tom mais claro aquelas curvas perigosas. Xandinho não repara em nada disso, está hipnotizado pelos olhos detrás daquela bunda. Um lindo par de olhos castanhos claros, talvez esverdeados.

O restante da tarde não prestou para o trabalho. Xandinho não consegue trabalhar sabendo que carrega aqueles olhos nas mãos. No fim do expediente, presta as reverências à Índia e cobra o que lhe é de direito. Chega em casa com o resultado do trabalho nas mãos. "Pronto, mãe, aqui estão os vinte que ganhei hoje", avisa à mesa do jantar. "Esses dez são meus, esses dois são da igreja e esses aqui são pra você, meu filho", diz a mãe ao devolver a sobra. O menino não se incomoda com a partilha. Aqueles olhos – castanhos ou esverdeados, não importa – ocupam toda a sua mente.

"Que trabalho o Taquara te arranjou, meu filho?", a mãe pergunta apenas para demonstrar algum interesse. "É um serviço de entrega de comida pronta, mãe", ele responde. "Então traz um pouco pra gente comer", ela pede. "Não dá, mãe. É comida de bacana e o meu dinheiro é pouco pra comprar", ele despista. A mulher se satisfaz com a resposta, cala-se e apalpa o bolso para conferir se o dinheiro está mesmo ali. Xandinho se recolhe ao quarto e se masturba fixado naqueles olhos castanhos claros. Ou esverdeados – não importa.

No dia seguinte ele se recusa a abastecer os orelhões com o panfleto da loira bunduda. Pega todos os maços com a Índia, mas deliberadamente boicota uma das garotas. Coloca nos orelhões as morenas, as orientais, as negras e as outras loiras, menos a loira bunduda. Omite propositalmente os panfletos dela. Não podia imaginá-la nos braços de outros e nem queria ser o responsável por isso. Seria como trair a si mesmo se a oferecesse a um qualquer.

Xandinho não imagina que sua decisão teria consequências. Como poderia supor que alguém viesse a descobrir o seu logro? Não faz ideia de que a eficiência do trabalho é medida pelo número de ligações para o telefone sob responsabilidade de cada panfleteiro. Um dia inteiro sem ao menos uma chamada pode levá-lo a dar explicações. Por isso os colegas fazem de tudo para deixar os panfletos bem visíveis, mesmo que para isso precisem arrancar os da concorrência e encobrir os números dos serviços de utilidade pública com a imagens de mulheres nuas.

O moleque ignora o motivo do chamado inesperado, embora guarde a esperança de que a Índia enfim corrija os valores e pague o quanto ele merece, os trinta prometidos pelo Taquara. Fica sem reação ao ser posto numa cadeira de frente para dois marmanjos a questioná-lo sobre o que estaria acontecendo. Por que a loira bunduda, que sempre foi a mais requisitada pelos clientes, de repente, por dois dias seguidos, não recebe nenhuma ligação?

Ingênuo, ele desconhece ter sido designado como panfleteiro no melhor ponto da cidade não porque é um ás da distribuição e sim porque os colegas estavam visados. Comerciantes queixaram-se à polícia porque seus clientes ficam constrangidos de entrar na loja ao se deparar com os anúncios de sexo no orelhão em frente. Aqueles que formalizaram queixa às autoridades receberam severas intimidações dos panfleteiros. A polícia pediu à Índia uma mudança organizacional porque já não tinha como justificar o motivo de tantas câmeras de vigilância se essa gente de frouxa moral continuava agindo livremente.

O zoneamento delimitou a panfletagem aos telefones públicos próximos do local onde são feitos os programas sexuais. A turma da Índia, por exemplo, usa os orelhões instalados nas imediações dos lugares por ela controlados. São apartamentos residenciais onde travestis, garotos e garotas de programa recebem os clientes. Cafetões e cafetinas como a Índia alugam vários apartamentos em condomínios comerciais ou residenciais no centro da cidade para manter três, seis, oito trabalhadoras do sexo. Tudo pensado de forma a facilitar a vida do cliente.

Xandinho não se dera conta de que toda a logística do negócio está montada em torno da distribuição do material publicitário. O cliente não o guardaria na carteira, sob o risco de ser descoberto pela esposa ou namorada. Logo, é preciso que o panfleto com o nome e telefone da garota esteja à disposição sempre que o tesão aflorar. Assim, só é lembrada quem é vista. Daí que a loira bunduda não vem sendo requisitada porque não está sendo vista. Sobrou para o panfleteiro.

O menino conclui estar numa enrascada quando um dos brutamontes o agarra pelo pescoço. A mão do sujeito envolve todo o pescoço do fedelho franzino. Não podia dizer no terceiro dia de trabalho sobre o boicote à loira bunduda porque se apaixonara por ela. Ou melhor, pelos olhos dela. Como iria dizer para aquela gente que os panfletos que deveriam estar nos orelhões estão espalhados em seu quarto, de modo a enxergá-la para onde virasse os olhos enquanto toca uma punheta?

A mãe e o pastor sempre disseram que mentir é pecado, mas trata-se de uma emergência. Diz que por distração escorregou e caiu, derrubando o maço de panfletos da loira bunduda no bueiro. Uns quantos olhos se comprimem em desconfiança diante de alegação tão frágil, mas quem poderia acusar de traição um moleque imberbe com cara de otário? Sua mentira inaugural foi sua salvação. Agora que a trama tinha sido descoberta, mesmo que em partes, um dilema passaria a consumi-lo.

Não poderia mais omitir o panfleto de sua amada aos seus eventuais amantes, sob risco de ser excluído de vez da sua vida antes mesmo de conhecê-la. Cada pedacinho de papel que depositasse em um orelhão seria uma facada no coração. Cada pedacinho de papel era uma possibilidade de traição a si mesmo. Não consegue conciliar o sono à noite, e broxa diante das fotos da amada. Está só em seu sofrimento e não tem com quem compartilhar tamanha dor. Nem o Taquara o compreenderia. Seria, no mínimo, motivo de chacota entre os panfleteiros.

Passa a noite em claro e só consegue adormecer quando um plano surge à mente. As mulheres oferecem os seus serviços com preços que variam conforme o tempo do programa. Economizaria o necessário para pagar o tempo da loira de olhos castanhos claros – ou esverdeados (seria a oportunidade de tirar isso a limpo). Para o plano chegar a bom termo, os dias seguintes seriam de mentiras e trapaças; a começar pela mãe, que por sua vez teria de se justificar com o pastor.

Os negócios estão indo de mal a pior, de modo que a firma reduziu o salário pela metade. Em vez de vinte, agora recebe dez por dia. Desse valor, a mãe passa a tirar um para a igreja, fica com cinco e devolve quatro para o filho. Com os dez sonegados, ele fica com quatorze, bem mais do que os oito de antes. Descontando o dinheiro do ônibus e do almoço (agora restrito a uma coxinha gordurosa e um copo de água de torneira), precisaria de mais duas semanas para juntar o dinheiro que o levaria para os braços da loira de olhos...

A excitação aumenta à medida que as economias se aproximam da quantia necessária. Conta e reconta o dinheiro como se isso o multiplicasse. Cada dia vencido era um dia dividido entre o sofrimento de entregar a mulher amada aos outros e a felicidade de estar mais próximo dela. Na pressa para fechar o valor, reduz o almoço a balas de iogurte compradas a míseros centavos. No dia que seria o dia mais feliz da sua vida, não seria o panfleteiro, seria o amante. Toma banho e veste-se com apuro, embora as roupas puídas não ajudem muito.

À saída, na porta, ouve do fundo da casinha humilde a súplica da mãe por uma ajuda divina. A filha caçula padece de uma dor que a pôs em estado lastimável. Nesse instante, Xandinho vê chegar o pastor num carro preto – um lindo carro preto, ele repara. O lamento da mãe o paralisa, olhos marejados, e não consegue se mover. Um diálogo se inicia e ouve o pastor dizer que poderia levar a criança ao hospital, desde que pagassem o combustível e algum extra por fora. Xandinho sai num impulso.

Põe-se à frente do prédio da amada, a vinte andares do paraíso. Minutos antes, passara pela rua por onde tanto havia marchado e recolhera de um dos orelhões um dos panfletos da loira de olhos castanhos esverdeados. Impostou a voz de forma a disfarçar os agudos de adolescente. Era um cliente, não podia fazer feio ainda ao telefone. Tremeu ao ouvir a voz da amada. A mais linda voz que já escutara entrou pelos ouvidos feito música, a melhor das melodias. Sentiu um arrepio a ponto de estremecer o tronco superior. O pênis enrijeceu.

O elevador lotado o incomoda. Sente como se todos ali soubessem para onde está indo e o que iria fazer. Sente-se condenado pelos olhares. Onde já se viu, gastar dinheiro com puta nessa idade? Ainda mais quando deixou em casa a irmãzinha doente sem dinheiro para ir ao hospital. Sente um peso sobre os ombros e enfia a mão no bolso para tocar com a ponta dos dedos o panfleto com a foto da amada. Fecha os olhos e a imagina na cena que o embalou todos os dias em seus devaneios. Em instantes a teria nos braços e falaria de todos os seus sentimentos, dos seus planos.

O mostrador eletrônico indica o vigésimo andar. Hora de descer. O corredor é longo e ao fundo três rapazes passam alguns pequenos objetos de mão em mão. Pensa em retroceder, mas o elevador segue adiante. Tranquiliza-se quando os três desaparecem por uma porta. A cena o distrai e ele se confunde ao bater à porta. É constrangedor quando a secretária do dentista o encontra com um panfleto de garota de programa nas mãos. O rosto da moça diz muito sobre a sua surpresa. É um menino ainda, não tinha de estar na escola?

Qualquer panfleteiro recém-ingressado no ramo sabe que as prostitutas ou os seus patrões alugam apartamentos em prédios residenciais ou comerciais para receber os clientes, mesmo contra os regulamentos do condomínio. Muitos síndicos não querem admitir ou têm vergonha de dizer que convivem com esse tipo de atividade, uma afronta à sua administração. A maioria não sabe como agir. Não é o caso do síndico do prédio em questão. O velhinho é tinhoso, está fazendo uma limpeza no edifício. Até ameaça de morte recebeu, ainda assim não desiste da cruzada pela moralização de um dos prédios mais tradicionais da cidade.

Xandinho sai meio sem jeito da frente da secretária do dentista. Faz de conta que se dirige ao elevador até ela sumir porta adentro. Recompõe-se e desta vez se posiciona diante da porta correta. Toca a campainha e espera. O coração dispara ao ouvir o trinco se mover. A porta se abre lenta e perigosamente, uma fração de centímetro por segundo. Surpreso e com os olhos arregalados, depara-se com alguém muito diferente do que esperava. Faz leves movimentos com a cabeça e comprime os olhos seguidamente para ajustar a vista.

"Esse é o apartamento da Samantha?", ele pergunta. "Sim. Eu sou a Samantha", ela responde. Xandinho não tem como esconder a surpresa, ou antes a decepção. Onde estão aqueles olhos verdes? Estes que se apresentam são escuros, circundados por umas olheiras medonhas e cílios tão carregados de tinta que a mulher mal consegue sustentá-los abertos. Só falta a bunda, algo que a ele menos interessa, também ser falsa. Ela conclui tratar-se do seu cliente das três e nota a frustração naqueles olhos virgens.

"Venha, meu querido, não se deixe levar pela primeira impressão". Xandinho fica sem reação, estático, olhos fixos na mulher. Quanto a ela, não é a primeira vez que se depara com tal reação. O menino não é o primeiro e nem seria o último a descobrir que a mulher real não é a mesma da foto. A tecnologia mudou não só a função dos telefones públicos, de instrumento de comunicação a cabines de negócios do sexo, mudou também a aparência do produto à venda. Fez do comércio do sexo um embuste, uma carne de quinta embrulhada em papel de primeira.

Como diria àquele menino que as imagens dos folhetos são retiradas de sites pornôs? Quando o cliente chega para o programa, percebe que não é aquilo que viu na propaganda. É tudo ilusão. Na foto parece uma deusa, na porta aparece uma baranga. O negócio se sustenta porque ainda assim poucos homens desistem do programa. Alguns não têm tempo para buscar coisa melhor e outros não querem desperdiçar a ereção.

O garoto verte uma lágrima olhando para a mulher, baixa os olhos e se retira. Agora tem dúvidas se aqueles olhos verdes realmente existem. E se existirem, nunca os encontrará. Coloca-se de frente para o elevador e aperta o botão. Segundos depois a porta se abre, é quando se dá conta que o aparelho não vai além desse andar. Sobe ao terraço depois de vencer dois lances de escada. Sente-se sufocado, precisa respirar. Recosta-se no parapeito e vê tudo miúdo lá embaixo.

Tudo é pequeno. As pessoas são pequenas, os sonhos são pequenos, a vida é pequena.

No instante seguinte está no chão. Ao seu lado, centenas de panfletos exibem a bunda enorme de uma loira, os olhos lânguidos castanhos esverdeados em segundo plano. O crânio deformado na poça de sangue preserva nos lábios os traços de um ambíguo contorno que tanto pode ser um sorriso como um lamento.

O SALTO

Não sei como vim parar aqui. Simplesmente apareci, sem uma vaga ideia do que possa ter acontecido. Álcool, talvez? A festa rola solta no andar de baixo, muita bebida, música alta, pessoas felizes. Súbito, me encontro frente a frente com esse tipo estranho. Está encostado no parapeito, na verdade uma mureta que mal passa da cintura. Há súplica no olhar, é óbvia a intenção. Apenas olho de soslaio, carregado de indiferença, sem esboçar reação. Não serei eu a impedi-lo.

Certa vez um amigo se deparou com um sujeito dependurado na borda de um viaduto. Não era seu caminho habitual, naquele dia quis variar o caminho sem motivo aparente. O homem estava prestes a pular quando sentiu a mão no ombro. Mantiveram contato por quase dois anos e meu amigo até começou a frequentar a igreja atrás de uma explicação, qualquer que fosse. Só parou de ir à missa depois que o infeliz pulou do alto de um edifício.

Ele continua a me encarar, agora um olhar comprimido, acusatório mesmo. Parece querer falar algo, mas não se dá o trabalho de mover os lábios. Curva-se sobre o parapeito a olhar por alguns segundos para baixo, depois volta a cabeça na minha direção. Decerto quer que eu o impeça, que diga qualquer bobagem para fazê-lo mudar de ideia. Não moverei um dedo, esse estúpido que se resolva sozinho. Chego a sentir um pouco de pena, logo imagino que tipo de coisa deve ter feito para chegar a tal situação.

Que diabos, também tenho os meus problemas e nem por isso cogito me entregar à solução mais fácil. E como ficam os que ficam? Fora o trauma, ainda terão de limpar a sujeira toda. Recuso-me a fazer papel de faxineiro. Seria essa coisa de destino, teria sido conduzido até aqui por alguma força inexplicável, predestinado a salvar esse miserável, igual ao meu amigo? Sei não, acho que tem mais a ver com alguma bebedeira maluca, um desses porres que levam a gente a fazer coisas das quais não se lembra depois. Não seria a primeira vez.

Seu jeito dá a entender que me conhece, mas não tenho a mínima lembrança de já tê-lo visto. É um total desconhecido, ou teria rolado um lance na festa? A memória, essa traidora. Minha vontade é de ir até lá e acabar com isso de uma vez, a situação está me deixando mais tenso do que o necessário. Um empurrão apenas. Seria um favor para ambos. O que teria levado alguém a estado tão lastimável? Deve ter a minha idade, talvez um pouco mais. Teria os mesmos problemas? Pouco provável, ninguém teria o mesmo azar.

O inusitado da circunstância me leva a recordações dos encontros dos suicidas anônimos, eu levado pelo meu amigo para dar uma força ao cara do viaduto. Lembro do que as pessoas diziam sobre suas motivações para dar fim ao sofrimento de um só golpe. Traições, dívidas, drogas, depressão, rejeições, crimes, doença incurável. Desfiavam suas frustrações numa ladainha sem fim, na tentativa de convencer a si mesmos e aos outros de que são superiores à morte. Nunca cheguei a uma conclusão se aquilo me fazia bem ou se atormentava ainda mais o espírito. Refletia sobre aquilo à noite, o copo de uísque à mão.

Havia nos relatos daquela gente o ufanismo de quem venceu a morte. Diziam ter saído da crise melhor do que entraram, na ilusão de ter a vida nas mãos e poder fazer dela o que bem entendessem. Enquanto falavam do seu grande feito de lograr o esqueleto da gadanha, alguém dava fim a si mesmo em algum lugar deste mundo insuportável. Alguns, depois da experiência de quase-morte, inclusive passaram a frequentar velórios de suicidas para ver quem chorava em volta do caixão, num despiste ao destino que está logo ali, por vontade própria ou não.

Sei lá quanto tempo essas lembranças consumiram, mas ele continua com os olhos fixos em mim, e isso me irrita ao limite. Do nada, vem à mente o gato da minha ex-mulher, uma delas. Os gatos mantêm por horas a fio o olhar fixo em qualquer coisa, sabe-se lá por quê. Por isso o pobre coitado me faz lembrar do gato, ou porque o bichano não iria desperdiçar de forma tão estúpida uma de suas sete preciosas vidas. Posso ir lá e fazer um favor a ele ou simplesmente dar meia-volta e retornar para a festa, mas algo me prende a este terraço.

Nada faz sentido, essa coisa de eu estar aqui, de pensar no gato, de lembrar dos suicidas, das ex-mulheres, das dívidas, da doença, da bebida, deste sujeito prestes a pular. De repente, o salto. Corro em direção ao parapeito no instante em que o vejo se lançar. Ainda dá tempo de ver o corpo cortar o vazio escuro num voo rápido até o baque no chão. Chegamos juntos ao solo. Olho para cima e não me encontro.

O PRESENTE DE ALAN

Na tarde de confabulações, véspera de Natal, os quatro meninos estão outra vez reunidos preparando as cartas com a lista dos presentes que pretendem ganhar do Papai Noel. Os três amigos estão preocupados em melhorar os planos de Alan para que ele também ganhe um presente, porque no ano anterior Papai Noel havia esquecido o dele. Para os amigos o plano havia dado certo, pois cada um recebeu o seu.

Dessa vez escolheram o dia 24 de dezembro. A carta seria legível, refeita tantas vezes quantas fossem necessárias, e precisariam de um local mais apropriado para deixá-la, de forma a ser encontrada pelo destinatário. Ela não poderia ser deixada em lugar aberto para que qualquer pessoa pudesse pegá-la, ou em lugar descuidado para não ser extraviada, nem em lugar impossível de ser encontrada. Está mesmo difícil.

Os meninos acreditam que no ano anterior a carta havia sido feita com muita antecedência, por isso deixaram para escrevê-la na véspera, ou quem sabe a letra não estivesse legível, ou o fato de ter sido deixada dentro de um sapato embaixo da cama pudesse ter dificultado o trabalho do Papai Noel. Ele é velhinho, talvez tenha dificuldades para descer até o chão. Só não dava para entender por que apenas a carta de Alan não havia sido encontrada, já que o plano fora idêntico para todos.

Após escrever e reescrever umas quantas vezes e por fim dobrar a carta com todo cuidado, o pedido de Alan estava formalizado: um caminhãozinho azul com carroceria comprida para transportar as caixas de fósforos vazias que ele coleciona com capricho. No início da noite, todos da casa saem para confraternizar com amigos e o menino, que ficara sozinho, aproveita para colocar a carta atrás da porta, lugar selecionado pelos amigos porque seria mais fácil de o Papai Noel encontrá-la. Em seguida vai se deitar.

O sono escapa nos vãos da ansiedade e por várias vezes ouve ruídos que poderiam ser do presente chegando, mas não arrisca conferir, pois, segundo os amigos, o certo seria fazer isso pela manhã. O último barulho foi da família chegando tarde da noite. Amanhece mais cedo do que de costume, e logo vai atrás do presente. Qual não foi a decepção ao ver que a carta está lá, da mesma forma que deixara. Faz algumas buscas para ver se o caminhãozinho está em outro lugar, porém não o encontra.

Corre até a frente de casa, nenhum sinal dos amigos na rua. Volta para dentro, faz mais algumas inspeções de forma discreta, para a tia não dar bronca por causa da sua inquietação. Não há na casa muita tolerância quanto aos comportamentos naturais de uma criança.

Passado um tempo, um dos amigos o chama. Alan sai e o vê feliz com o presente nas mãos. Não tarda e surgem os outros, também com seus presentes. Imediatamente começam as análises, numa tentativa de entender o porquê de mais uma vez o Papai Noel ter falhado com Alan. Não há motivo aparente para tamanha implicância com o menino, que não fizera nada de errado o ano inteiro – não a ponto de ser punido dessa forma.

Uma réstia de esperança ilumina os olhos de Alan quando um dos amigos fala que o presente dele estava em local totalmente diferente daquele onde havia colocado a carta.

Um deles propõe uma revista na casa inteira, mas deveriam aguardar a tia sair. Até lá, os brinquedos dos amigos estariam à disposição, e começam a brincar. É Natal e a tia prepara um assado. Não há a menor chance de tentar encontrar o brinquedo enquanto ela estiver por lá, pois o plano é revirar a casa toda. Em algum lugar haveria de estar.

O tio sai bem cedo; logo, chamada por uma vizinha, a tia também se retira. Alan e os três amigos se apressam a fazer uma varredura na casa, e constatam que o plano havia falhado mais uma vez. Não conseguem descobrir onde foi o erro, pois a mesma estratégia fora utilizada por todos: carta legível, bem dobrada e atrás da porta.

No dia seguinte fazem planos para o próximo Natal e a situação de Alan seria repensada por todos. Certamente descobririam outras formas de ele não ser esquecido de novo. Três anos seguidos seria impossível. Ou ele tinha feito algo muito feio que desagradara ao Papai Noel. Bem, teriam de esperar para confirmar as teorias.

Passados alguns meses, Alan seria entregue a outra família, mais numerosa e quase todos com cara de bravos. Parece que as coisas iriam ficar mais difíceis do que na casa anterior. Melhor ficar quietinho até ir se adaptando ao jeito do pessoal.

Por não ter mais os amigos por perto, e desanimado com as decepções, desiste de fazer nova carta para o Natal que se avizinha. Se bem que os novos amigos tinham o mesmo costume: fazer cartas e receber presentes. Por alguns natais ele esqueceu do Papai Noel, morou com outras famílias, passando de mão em mão, e acabou parando num lugar repleto de crianças.

No orfanato os natais não passam em branco. Ganhou roupas algumas vezes, porém nunca viu o Papai Noel por lá, nem teve notícias do caminhãozinho azul. Convicto de que ele existe, volta e meia arrisca um pedido, nada por escrito. A adolescência chega, e com ela a necessidade de trabalhar. Começa uma nova vida, com novos planos e novos sonhos.

No fundo, acredita que Papai Noel tem uma dívida e às vezes faz um pedido, seja Natal ou não. Já não são pedidos de criança. Quer um bom trabalho, um bom chefe, amigos, estudo, uma casa e, quem sabe, uma mulher para se casar. E não é que pouco a pouco esses presentes foram chegando? Deve ter o dedo do Papai Noel, acredita a criança que ainda habita Alan.

Os bons empregos se sucedem, os amigos se multiplicam. Alan se sente acanhado em fazer novos pedidos. Acredita ter ganhado mais do que merecia, mas eis que surge uma namorada, que logo viraria esposa. Com os três filhos, Papai Noel sempre daria o ar da graça.

Vida feita, vida ganha, Alan inicia uma jornada em busca do passado. Encontra a mãe na cidadezinha onde nasceu e a presenteia com uma casa perto de onde mora, para ficarem mais próximos. Passa a frequentar a missa na paróquia do bairro, e o novo desafio é tentar retribuir parte do que ganhara.

Nunca ficou chateado com Papai Noel. Ele apenas não o encontrou algumas vezes. Um dia, durante a missa, pressentiu que o bom velhinho queria conversar com ele. Não o deixou falar, porque tinha muito a agradecer. Num breve momento, teve a impressão de que Papai Noel queria falar algo sobre um certo caminhãozinho azul. Alan fez de conta que não escutou. Não precisava.

O TEMPO DE UM CIGARRO

Ela fuma recostada no umbral da janela, a silhueta esculpida à luz. As mãos eloquentes regem palavras inaudíveis para quem olha do outro lado da rua, o vácuo entre os edifícios a dispersar os sons. O dorso persuasivo farta de vida aquele espaço vazio agora convertido na mais bela tela do décimo nono andar – e de todos os demais, convém dizer. Um deleite contemplado em vigília no prédio em frente.

Ele traga lentamente o cigarro para fazê-lo render, e quem sabe estender até ela alguma ponte, mesmo que de fumaça. A brasa joga contra, arde inclemente o fumo. Ela inala a fumaça a seu tempo, indiferente ao observador anônimo. Bate as cinzas no vão da janela em movimentos oblíquos sem dar a graça da fronte. As luzes artificiais decerto não seriam o bastante para desvelar as feições daquela que prometia ser a mais bela face.

Ela insiste nos gestos airosos, as mãos ligeiras em amparo ao colóquio. O ângulo adverso impede a identificação do interlocutor, fora de quadro. A brasa consome o tempo. O flanar das mãos alimenta a combustão. Menos gestos e mais tempo ou menos tempo e mais gestos tão sublimes? Alheia ao dilema do outro lado da rua, ela agora traga mais célere do que deveria, e ele a perde mais rapidamente.

Ele não existe para ela, portanto não existe a quem importaria existir neste exato instante. Seria possível existir sem a ciência do outro? A quem importa a existência da mulher que acaba de acender a luz quatro andares abaixo? As fotos da breve interação com o gato seriam o bastante para fazê-la existir a quem delas porventura tiver acesso nas redes sociais? O homem obeso do décimo sétimo andar existiria para alguém, assim tão fora dos padrões?

Ela permanece de costas para a janela, no contraluz, o bailado a mil, o cigarro no fim. Enamorou-se daquela moça, tão resoluta e afável em seus fluentes meneios. Aromas difusos inundam as ventas daquela deusa. Ideias diluídas em fumaça e perfume. O tempo escoa. Qual o tempo do amor? Com quais fórmulas se mede o tempo? Por quais meios se ganha tempo? Com quais recursos se para o tempo? O cigarro no limite.

Os tempos reclusos de pandemia nos impõem os limites do tempo como nunca tivéramos tempo para pensar. Quanto ainda lhe resta? Desce às pressas ao andar de baixo, abastece o copo com vinho e retorna à janela, outro cigarro à mão. A tela, muda e vazia, perdera vida.

O TRIBUNAL DOS SUPREMOS

— Parabéns! Você sobreviveu à sua loucura, mas não vai escapar de mim. Temos alguns minutos até o socorro chegar, tempo suficiente para alguns esclarecimentos. Olhe bem para o meu rosto, será a última coisa que você verá. Eu deveria matá-lo agora, essa era a minha obrigação, mas não vou fazer isso. A sua morte será a sua vida. Sabe que não será condenado, tem dinheiro e bons advogados, esses filhos da puta. Seu julgamento não será nos tribunais, onde podem manipular as leis conforme as suas conveniências. Bem-vindo ao seu julgamento, ele está em andamento. Vi o acidente, seu carro a 150 por hora, a batida, o pavor nos olhos daquele casal. Deve estar se perguntando quem sou e o que faço aqui. Gente como você não pode ficar impune. Para cada um igual a você existe um igual a mim. Sou o seu destino. Seu acidente ainda não acabou, foi mais trágico do que parece. O airbag não funcionou, o cinto de segurança falhou, você bateu a cabeça contra o volante, seus dentes cortaram a sua língua ao meio. E os seus olhos? Que pena, seus lindos olhos castanhos foram perfurados por estilhaços de vidro. Que desolador, não poderá mais falar nem enxergar. Imagine a sua vida daqui para frente. Ao ouvir um estalar de dedos, plec, plec, estarei por perto. E você não terá como falar quem sou e o que fiz. Quando menos esperar, quando pensar que está conseguindo levar uma vida normal, vou aparecer para lembrá-lo do que você fez hoje. Eu o manterei nas trevas.

O homem arrasta as chinelas com certa dificuldade até a porta, apoia uma das mãos à cintura e abaixa para pegar o jornal. Percorre os olhos pelas manchetes enquanto se encaminha ao sofá. Sentado, olhar fixo, avança pelas notícias com um misto de soberba e fastio, mas o espanto toma lugar à medida que avança na leitura.

— Ele fez de novo, o desgraçado!

A notícia trata de uma incrível coincidência. O quarto caso em três meses em que vítimas de acidentes de trânsito ficam cegas por estilhaços de vidro e perdem a língua cortada ao meio pelos próprios dentes. A polícia científica busca explicações, uma vez que os laudos indicam que as mutilações resultam do acidente, sem outra causa aparente.

— Estúpido! Não podia simplesmente tê-lo matado, como devia ter feito?

Interrompe a leitura e lança o jornal contra a parede. Espreme os olhos no máximo para decifrar o visor do celular. Digita os números e franze o cenho após um suspiro de impaciência. "Esteja lá em trinta minutos".

A escassez de luz expõe apenas a silhueta do homem imóvel no centro do barracão vazio no instante em que alguém se aproxima.

— Não podia simplesmente tê-lo matado, como era a sua obrigação?

— Pensei melhor, a morte seria pouco para ele.

— Pensou? Você não tem de pensar, tem apenas de cumprir as ordens.

— Cansei dessas ordens.

— Não tem facilitado as coisas. Seu julgamento será hoje, e o que direi? Que não tenho controle sobre o meu afilhado?

— Me convoque e eu mesmo direi.

— Não sei o que fazer com você. Sabe muito bem com quem está lidando.

O elevador chega ao último andar. O homem de frente para a janela contempla a cidade no topo do arranha-céu. Sabe que não passa de uma cena clichê, contudo a posição que ocupa o faz sentir-se melhor do que realmente é. Dá início ao diálogo de costas para o interlocutor, sem tirar os olhos do helicóptero que manobra sobre o topo do edifício à frente.

— Seu Executor anda tendo vontade própria.

— Deixou-se levar por sentimentalismos, mas já o adverti sobre os excessos.

— Não podemos confiar, é reincidente. Terá de ser eliminado, pelo bem das operações. Não podemos correr riscos desnecessários.

— Ele já nos foi muito útil, merece outra chance.

— Caberá à Corte decidir.

Em minutos o grande salão está lotado de homens revestidos de longas capas pretas. Aquele que há pouco antecipara o possível veredito está detrás da mesa sobre o tablado, em posição acima dos demais. Tem outros cinco de cada lado.

— Declaro aberta a sessão. A pauta diz respeito ao que todos puderam ler nos jornais. Estão em julgamento os atos do Executor 128. Pesa contra o acusado a falha na execução das sentenças 2.280, 3.022 e 3.232, colocando em risco as atividades desta Corte. O excelentíssimo relator do processo fará a leitura da peça processual em questão.

— Vossas excelências, eis o teor dos autos:

O EXECUTOR 128, qualificado nos autos, foi denunciado pela Turma de Acusação por desobedecer reiteradamente às determinações desta Suprema Corte da Justiça Justa. Aos relatos, caso a caso.

No primeiro evento, o EXECUTOR 128 recebeu desta Suprema Corte da Justiça Justa a ordem de executar por envenenamento o servidor público Paulo César Bufoni, que estava embriagado ao participar de um racha sobre a Ponte K. Ele atingiu a traseira de outro veículo e, com a violência do choque, três mulheres foram lançadas para fora do veículo e morreram no local.*

Bufoni ficou preso por cinco meses, mas conseguiu na Justiça dos Comuns converter o seu processo de homicídio doloso para culposo, o que lhe deu o direito de responder à acusação em liberdade. A decisão deste Egrégio Tribunal do Júri pela execução do acusado se deu pelo fato de que, além da liberdade, Bufoni passaria a receber uma pensão vitalícia do Estado, decorrente da morte de sua esposa, servidora pública. Sairia impune e com benesses indevidas, portanto.

Ao invés de executar o condenado por envenenamento, como fora decidido por este Egrégio Tribunal do Júri, o EXECUTOR 128 simulou um acidente de trânsito em que o condenado apenas perdeu a língua e a visão, permanecendo vivo.

No segundo caso, o EXECUTOR 128 deveria ter executado a tiros em um simulacro de assalto o estudante Jonas Nababeskus, que, alto da madrugada, perdeu o controle da sua picape, atravessou a pista de uma avenida na cidade R, chocou-se com a guia da calçada do canteiro central, destruiu dois coqueiros e atingiu o carro estacionado do aposentado Clóvis Muniz, que morreu na hora. Nababeskus estava bêbado e dirigia em alta velocidade.*

A decisão deste Egrégio Tribunal do Júri se deu em razão da leniência da Justiça dos Comuns. Por entender que a prisão do réu em nada contribuiria para a sua inserção social e nenhum benefício traria para a sociedade, a Justiça dos Comuns substituiu a prisão por medidas restritivas de direitos. Durante um ano, sete horas por semana, o condenado prestaria serviços à comunidade. E só.

Este Egrégio Tribunal do Júri decidiu pela pena de morte, mas, a exemplo do que já fizera anteriormente, o EXECUTOR 128 desobedeceu à supracitada decisão. Simulou o acidente de trânsito em que o condenado perdeu a língua e a visão, mantendo-o vivo.

O terceiro episódio envolveu Walter Silva, que dirigia embriagado em alta velocidade em uma rua de S quando fez uma ultrapassagem perigosa e bateu na traseira de outro veículo, jogando-o contra um poste. Morreram pai e filha de dois anos. Walter não socorreu as vítimas, fugiu do local e tentou enganar a polícia. Tinha acabado de matar duas pessoas e simulou o roubo do veículo para isentar-se de culpa.*

Ciente de que este novo crime também ficaria impune, este Egrégio Tribunal do Júri decidiu pela condenação antecipada do réu, a ser executado por afogamento na piscina de sua residência. Ocorre que o EXECUTOR 128 novamente desobedeceu à decisão e manteve seu modus operandi. Simulou acidente em que o condenado perdeu a língua e a visão, mas continuou vivo.

Aponta a denúncia que o acusado, após desobedecer às ordens desta Suprema Corte da Justiça Justa, teria incorrido também no delito de fraude processual ao alterar o local do crime com o objetivo de inovar artificiosamente o estado do lugar e dos objetos ali existentes, com a finalidade de induzir a erro o juiz e os peritos e, com isso, produzir efeito nulo em processo penal que viria a ser instaurado.

Após o regular processamento do feito em Juízo, o réu acabou pronunciado nos termos da denúncia, remetendo-se a causa a julgamento de uma das turmas desta Suprema Corte da Justiça Justa, cuja decisão foi mantida em grau de recurso. Por esta razão, o réu foi então submetido a julgamento perante este Egrégio Tribunal do Júri e, após dois dias de trabalhos, este Conselho de Supremos, de acordo com o termo de votação anexo, acabou reconhecendo que o acusado praticou, em concurso, o crime de não-homicídio contra Paulo César Bufoni, Jonas Nababeskus e Walter Silva, pessoas sabidamente responsáveis pelos crimes que os levaram à condenação por esta Suprema Corte da Justiça Justa.

Fica assim afastada qualquer eventual tese de negativa de autoria dos não-crimes atribuídos ao EXECUTOR 128. Ademais, reconheceu ainda o Conselho de Sentença que o réu também praticou, naquelas mesmas ocasiões, o crime conexo de fraude processual qualificada.

É a síntese do necessário.

— A relatoria lembra aos senhores que o episódio da véspera não consta dos autos, dado o inesperado dos fatos. Como se conclui, o Executor 128 tem exorbitado de suas funções e deixado rastros ao cumprir suas sentenças.

Todos estão em tal estado de ânimos que não esperam outra coisa senão o veredito, diante de um julgamento que começa a se tornar frequente na Suprema Corte da Justiça Justa. Frente a tamanha expectativa, o presidente do Egrégio Tribunal do Júri se apressa a anunciar a sentença.

—Por representar risco aos propósitos desta Corte, o acusado em tela está sentenciado à pena de morte, cujo modo de execução será definido após o término desta sessão. A sentença será cumprida pelo Executor 322.

Por decisão sumária da Suprema Corte da Justiça Justa, os julgamentos ocorrem à revelia dos réus, e não é permitido o acesso ao Egrégio Tribunal do Júri de ninguém além dos Supremos. O ocupante de uma das cadeiras do plenário olha com profundo desalento para aquele que acabara de proferir a sentença.

Sobre quem pesaria a responsabilidade da decisão? Do afilhado ou dele, que não levantou voz em defesa do seu protegido? Dos trinta Executores sob sua responsabilidade, era a sua sétima perda, todas por violação das regras. Apresenta o pior índice entre os Supremos, sete manchas em sua reputação na Suprema Corte da Justiça Justa. Tem se revelado demasiado humano, algo incompatível com as atribuições de um Supremo.

A Suprema Corte da Justiça Justa se orgulha da sua missão de dar aos cidadãos de bem as respostas impossíveis de se obter nas instâncias da desacreditada Justiça dos Comuns. Para facilitar as coisas, os excelsos Supremos, antes meros magistrados atados às burocracias da Justiça dos Comuns, passaram a dispor de leis próprias nas câmaras setoriais da Suprema Corte da Justiça Justa para julgar todo tipo de crime.

O exercício do poder é realmente mais eficaz quando, a um só tempo, se pode criar as regras, julgar e condenar sem os inconvenientes intermediários. Os trabalhos fluíram de tal forma que as novas demandas exigiram a ampliação do número de câmaras setoriais. Portanto, não havia problema em acomodar os amigos, parentes ou apaniguados.

O Supremo de cada câmara deve prestar contas à cúpula da Suprema Corte da Justiça Justa, que leva os casos de maior importância ao plenário do Egrégio Tribunal do Júri para julgamento do colegiado. Mas há rumores de que Supremos vêm usando seus Executores para serviços particulares, sem a prestação de contas dos seus atos.

Executores são criminosos condenados à pena máxima que ganharam a liberdade com alguns arranjos na Justiça dos Comuns, um acordo de cavalheiros com os Supremos da Suprema Corte da Justiça Justa. O pedágio para a liberdade consiste em cumprir as ordens dos padrinhos a que estão subordinados. Cada trabalho executado redime uma fração da pena.

Alguns Executores começam a se rebelar com o sistema porque os serviços de caráter particular realizados às escondidas em favor dos seus tutores não entram na contabilidade da Suprema Corte da Justiça Justa. Outros, cientes dos desvios dos padrinhos, testam suas próprias regras. Cada um se sente autorizado a ser o juiz do seu tribunal particular. É o que vem fazendo o Executor 128.

A mútua simpatia entre o padrinho e o afilhado se dera por um dos mais primitivos sentimentos, a vingança. O velho senhor fechara os olhos aos defeitos do outro. Passou a nutrir por ele tal admiração que toda aglomeração de vícios parecia a mais tenra virtude. Contudo, antes de recorrer aos serviços do afilhado houve nele a confiança na Justiça dos Comuns em uma questão para a qual esperava um justo equilíbrio.

Manteve uma íntima crença na aplicação do rigor da lei para a morte do filho. Sabia, pela posição ocupada, que os crimes cometidos ao volante têm atenuantes, como se a vida tirada sob rodas valesse menos do que a vida tirada sob a mira de um revólver, ou na ponta da faca. Mas as pessoas sempre esperam que com elas as coisas sejam diferentes, uma ilusão que as faz acreditar mesmo quanto todo o resto diz o contrário.

O velho juiz experimentou a sensação de que a morte do filho seria uma exceção à regra. Imaginou uma boa sentença de amplo e irrestrito caráter pedagógico, uma forma de fazer esses jovens bêbados, velozes e furiosos recobrarem a razão. Porém, ao ler o conteúdo do texto proferido pelo excelentíssimo magistrado da Justiça dos Comuns, o pai sentiu-se esfaqueado mortalmente. Mais uma vez morreu.

Morto como pai, morreu como cidadão crente nos distintos senhores a quem cabe fazer justiça mesmo nas questões mais difíceis. Mas o *decisum* assemelhou-se a uma bronca materna, não mais. Lamentou a conduta dos magistrados, que, presos às suas redomas, distanciam a prática da lei da vida real. Em suas reflexões, indagou em qual gaveta mofada foi parar o juramento de fazer cumprir a lei com equidade.

Depois de a aflição o consumir por um tempo maior do que o necessário, recebeu a decisão da Justiça dos Comuns a dizer a um pai que a vida do filho não vale mais do que uma pena irrisória a quem a tirou de forma tão inconsequente. Resistiu a aceitar os métodos de se fazer justiça por meio dessa engrenagem oficial da qual ele também faz parte.

Sobrinho do Supremo da câmara de crimes cibernéticos, o motorista bêbado se livrou de um julgamento na Suprema Corte da Justiça Justa. Acostumado ao submundo da alma humana, o pai encolerizado faria jus à sua posição na Corte e daria início a uma jornada extra de trabalho de um dos seus afilhados. O justiçamento coube ao Executor 128, não sem antes explicar ao condenado os motivos da morte lenta e dolorosa.

A execução à revelia da Suprema Corte da Justiça Justa teve um custo. Os ânimos se acirraram em mútuas acusações dos Supremos acerca das subversões às leis da Corte. Contudo, não passou de embate de argumentos, sem efeitos práticos, ao fim dos quais o pai mirou-se no espelho da consciência e se viu pequeno e medíocre, à semelhança dos pares com os quais se vê obrigado a compartilhar decisões sobre o destino de toda gente.

Os Supremos, de quais cortes sejam, apregoam a força do seu poder e o vivem como uma ampliação de si mesmo. Dão a impressão de seguir um ditame maior, firmado em lei suprema, quando na verdade seguem a própria consciência ao decidir sobre a vida alheia. Têm todos eles a segurança e a intocabilidade que o cargo lhes confere. Uma vez posto, jamais deposto. E mesmo o poder mais colossal não bastará.

Deuses terrenos, o poder está em suas mãos, e ainda assim são incapazes de se dar por satisfeitos, e nunca terão o suficiente. O poder é a poesia daqueles que julgam, assim como a decisão sobre tudo e sobre todos é o seu adorno. Sua vida cotidiana é organizada e voltada para a liturgia da representação e do exercício do poder.

A gratidão pela execução em honra do filho, somada ao descontentamento com os pares no teatro de dissimulações, o fizeram alertar o afilhado sobre a sentença do Egrégio Tribunal do Júri. Ambos conhecem a fama do Executor 322, respeitado por nunca falhar em suas missões. Lotado na câmara dos crimes de corrupção, colocou muitos políticos e empresários corruptos para dormir mais cedo. O Executor 128 está ciente do que terá de enfrentar, mas tem planos para a véspera do confronto.

—Vai mesmo insistir nessa ideia?

—Será a melhor das minhas missões, ainda que a Corte nunca a reconheça.

O velho depósito abandonado comporta no amplo salão três homens amarrados a cadeiras presas ao chão. Os olhos tardam a se ajustar à luz após a remoção dos capuzes, e aos poucos surge um homem sobre o palco improvisado com tábuas sustentadas por caixas de madeira. Os três se entreolham repletos de interrogações, emudecidos pela mordaça. O homem caminha lentamente de um lado para o outro.

— Pois bem, senhores! Bem-vindos ao seu julgamento.

Dito isso, volta a andar, mãos às costas, a cabeça levemente inclinada para baixo a formular a próxima sentença. Um dos amordaçados grunhe num esforço de pedido de explicações, seguido pelos demais. O homem interrompe a meditação e se coloca de frente para os três com semblante mais severo.

— No meu tribunal ninguém fala além de mim. Espero que compreendam esse pequeno arroubo de vaidade. Quem não é vaidoso, não é mesmo? Você? Você? Você? Todos vocês são famosos e movidos pela vaidade.

Os três giram a cabeça para os lados em busca de familiaridades. Mesmo o rigor das condições não esconde a surpresa. Parte do deputado a primeira reação de descoberta, seguida de um pesar nos olhos comprimidos pela mordaça. Lentos de raciocínio, o cantor e o jogador de futebol talvez chegassem à mesma conclusão não fosse a abrupta interrupção.

— A existência de vocês é uma afronta à memória daqueles que vocês mataram.

A inflexão da voz encerra a curta sentença e ele volta a caminhar pausadamente sobre o tablado de um lado para o outro, mãos às costas, cabeça inclinada para frente. A encenação toda inclui vez ou outra um leve girar de pescoço, a cabeça baixa, o olhar oblíquo repousado sobre os prisioneiros.

— O senhor está tentando falar algo sobre leis, deputado? Disso o senhor e os seus colegas entendem muito bem. Fazem leis conforme as suas conveniências.

Tão logo conclui a frase, desce do palco, caminha em direção aos três e passa os dedos entre os cabelos escuros e sedosos do deputado. Dá uma volta em torno da cadeira e fica de frente para o parlamentar.

—De qual lei estamos falando? Quais leis vocês seguem?

Repete os movimentos passando a mão sobre a cabeça do cantor e do jogador de futebol enquanto fala sobre leis e o flagrante desrespeito a elas. Em seguida afasta-se a uma distância em que possa ser visto pelos seus reféns.

—Nenhuma! Vocês não seguem nenhuma lei além daquelas que julgam as mais oportunas. Mas aqui onde estamos, a lei sou eu.

Volta a subir no tablado e anda de um lado para o outro, mãos às costas, cabeça reclinada. O ritual repetitivo deixa os três mais aflitos. Logo se vira para eles a alternar os olhos entre um e outro. Depois recomeça a andar sobre o tablado, na intenção de esticar até o limite do suportável os nervos daqueles pobres coitados.

—Vamos às anotações – diz ao tomar às mãos um bloco de papel.

Sentado na cadeira sobre o palco, passa a virar lentamente as páginas, sem pressa. A cena dura longos minutos diante dos olhos esbugalhados de curiosidade. Após a pausa, levanta-se e dá início à leitura.

—Edmond, o senhor matou três pessoas com sua caminhonete esportiva ao sair bêbado e em alta velocidade de uma boate depois de comemorar a vitória em uma partida de futebol. Um magistrado levou quatro anos para concluir que o senhor teria de ficar uns poucos anos na prisão, pena nunca cumprida. Gastou uma pequena fortuna com advogados para não indenizar a família das vítimas e protelar o julgamento até a prescrição. Parabéns, Edmond, o senhor é um homem livre perante a Justiça.

A essa altura, ninguém tem mais dúvidas sobre o teor do julgamento em curso. Os três voltam a grunhir, a súplica nos olhos. Ficam em silêncio diante do gesto severo do julgador a ordenar silêncio com as mãos.

— Sua vez, excelentíssimo deputado. Na madrugada, seu carro decolou num aclive e aterrissou sobre outro veículo, matando os dois ocupantes. Belo histórico: habilitação suspensa, dezenas de multas por excesso de velocidade, metade delas na mesma rua do acidente. Seus advogados são bons, arrastaram o caso para um julgamento de duplo homicídio culposo, alegando não haver intenção de matar. O senhor bebeu quatro garrafas de vinho e saiu para dirigir. O que é isso senão assumir o risco de matar? A estratégia é a mesma do senhor Edmond, protelar o caso até prescrever.

Entre uma acusação e outra, faz suas elucubrações em voz alta acerca dos crimes pelos quais os três são acusados. Discorre sobre as intenções da lei de evitar que alguém que comete um crime de forma involuntária seja encarcerado como bandido, mas serve também para justificar por que tantos crimes de trânsito ficam impunes.

Sobre o tablado, expõe suas críticas ao argumento jurídico de que não há intenção de matar quando se trata de embriaguez ao volante. Ele dá ênfase a que tal interpretação rebaixa as vítimas a cidadãos de segunda classe, um acinte insinuar que tais circunstâncias são imprevisíveis. Exposta a tese, retoma o julgamento.

— Reno. O senhor dirigia uma caminhonete a uma velocidade assustadora quando cruzou o canteiro central da estrada, invadiu a pista contrária e esmagou um casal numa moto. Só dez anos depois foi condenado por homicídio culposo, sem nunca ir à prisão. Preferiu gastar mais com advogados a pagar indenização à família. Foi proibido de dirigir e ainda assim insistiu em desafiar as leis. Desta vez dirigia bêbado, bateu em dois carros e tentou fugir. Não aprendeu a lição, não é, Reno?

Bastou pagar uma mísera fiança e sair pela porta da frente da delegacia. Agora entende por que veio parar aqui?

Concluída a leitura da acusação, volta à carga teórica como forma de justificar o porquê daquele julgamento. Para isso teria de cair em redundância, mas a essa altura nem ele sabe se é para deixar mais claro suas motivações aos condenados ou se é para convencer a si mesmo de que tem alguma razão a respeito das suas sentenças.

Segue o discurso sobre como predomina no meio jurídico a tese da inexistência de dolo em acidentes de trânsito. O motorista que mata, mesmo embriagado e em velocidade excessiva, não teria a intenção de matar. A situação do motorista que causa acidente com morte seria diferente de outros crimes e, segundo tal interpretação, não se pode afirmar que tenha usado o carro como arma.

A comparação, recorrente no meio jurídico, passou a incomodá-lo em demasia desde que fora escalado como Executor na câmara de crimes de trânsito da Suprema Corte da Justiça Justa. Ao motorista embriagado que mata no trânsito deve-se aplicar o princípio da presunção da inocência. E quanto a ele? Ninguém se deu ao trabalho de verificar se as suspeitas que recaíam sobre ele eram verdadeiras. Desse modo, sentiu-se previamente condenado pelo juízo prematuro e pela preguiça alheia.

Poupa a exígua plateia de sentimentalismos e retoma a retórica acerca da alegada dificuldade dos juristas de enquadrar determinados motoristas na categoria de homicídio doloso, mesmo quando há na ação a consciência dos riscos de matar. Olha com desprezo para os três e volta a afirmar que o motorista que ingere álcool e dirige em alta velocidade está ciente de que pode matar.

— Motoristas desrespeitam as regras porque sabem que sairão impunes. Não no meu tribunal.

A essa altura os três amordaçados têm informações suficientes para imaginar o tipo de sentença que os aguarda. Usam as últimas reservas mentais na tentativa de prever a que tipo de martírio seriam submetidos. Não tiveram de esperar mais tempo para ouvir a surpresa final.

—Vocês gostam de carros potentes, por isso eu trouxe esse presentinho – diz ao apontar para o carro atrás deles. – Vou ligá-lo e assim que sair e trancar a porta, vocês terão poucos minutos para escapar antes de serem asfixiados pelo monóxido de carbono. Não há como desligá-lo, poupem suas energias. Usem o seu pouco tempo de forma inteligente. A chave da porta está no estômago de um de vocês. Vou afrouxar as amarras, usem a faca sobre o tablado para facilitar as coisas. Vocês já mataram antes, isso não será um problema agora.

E sai para se encontrar com o Executor 322.

UM E-MAIL TARDIO

Oi, M.

Já faz alguns meses que venho pensando em te escrever, mas começava e parava. Justamente como quero fazer neste momento. De qualquer sorte, seguirei em frente desta vez.

Após toda aquela confusão que eu causei sobre a nossa não ida para Buenos Aires, passei pelo menos um mês tentando entender o que teria provocado a minha atitude. Não conseguia enxergar o que tinha acontecido e resolvi experimentar uma terapia de grupo. Comecei sem grandes expectativas, mas acabei gostando. Nunca havia feito terapia em grupo, mas me encantei com a mágica de compartilhar e ouvir sobre os medos, inquietudes, alegrias, tristezas, dúvidas, enfim, as aflições da alma.

Hoje, passados seis meses, consigo perceber como tomei uma decisão infundada de me afastar de você por um medo tolo, completamente inventado na minha cabeça. Assumi, somente pra mim, sem sequer ter dividido meus pensamentos com você, que eu não conseguiria mais me relacionar com alguém. Pura sabotagem da minha parte. Fui egoísta e fui covarde.

Infelizmente, só consegui enxergar e começar a enfrentar meus falsos medos e minhas desculpas inverídicas após esses seis meses de terapia. Por isso, o meu e-mail. Pra te confessar a minha culpa, pra te pedir desculpas pela dor causada, pela viagem não realizada, pelo carinho interrompido e por não ter, lamentavelmente, embarcado com você na nossa jornada romântica.

Apesar de estar com o coração acelerado neste exato minuto, também te escrevo, ainda que tardiamente, pra dizer que não se passou um dia sequer desde então que eu não tenha pensado em você e em tudo o que poderíamos ter experimentado juntos.

Gostaria muito de te chamar novamente de meu amor, mas sei perfeitamente que você se encontra num outro momento de vida e te desejo toda felicidade que você merece! Só posso concluir dizendo que se te tem uma coisa que aprendi na terapia é que expressar os sentimentos é sempre melhor do que sabotá-los.

Bjs,

A.

O PAÍS TRISTE

No dia seguinte ninguém sorriu. As pessoas sondam umas às outras nas ruas à procura de um sorriso dissimulado, qualquer torção de boca que tanto pode ser escárnio quanto um contentamento passageiro. Desolação, apenas. Todos sabem que muitos lares se encontram à deriva devido a um imprudente riso transgressor. Os delatores estão atentos ao redor.

Distinto no fluxo melancólico que vaza pelas ruas, o rapaz se move a passos calculados em ziguezague para contornar as feições taciturnas. Alguém que se ocupasse em flagrar mais do que uma alegria infringente talvez reparasse o germe da rebeldia nos olhos reluzentes. Ele esgueira-se pelo beco escuro até desaparecer do radar da multidão. Tateia a porta e sibila o código. Entra após o clique.

Em todos os lugares os dias correm soturnos. Nas repartições públicas as novas regras nem fizeram diferença, antes já um terreno desértico em empatia e simpatia. Nos hospitais os médicos mantêm as habituais caras mofadas e o corriqueiro desdém aos miseráveis e suas dorzinhas sanáveis com uma pílula.

As novas regras acolheram policiais sempre diligentes em fazer cumprir as leis, as mesmas que se sentem desobrigados de cumprir. Estão dispensados de serenar o semblante a uma gente estúpida com seus problemas estúpidos. A indiferença agora cabe em igual medida ao delinquente e à vítima chorosa. Sem dissimulações, portanto.

O bancário já não precisa disfarçar a cobiça ao manusear o dinheiro alheio tendo as gavetas repletas com suas contas vencidas. A vendedora sente-se dispensada do sorriso forçado à cliente chata. Pode até mandá-la às favas sem maiores consequências. São as regras, diria sem o peso do remorso.

Comediantes, mesmo os de pouca graça, foram forçados ao exílio. Circos estão banidos; programas satíricos, proibidos. Nas escolas se tornara um custo reprimir a índole recreativa da criançada. Inspetores vigiam os delinquentes mirins, pois é importante fazer cumprir as regras desde pequenos para não se estragar depois.

Interesse especial aos manicômios. Os loucos, que por serem loucos riem sem saber por que, ganharam particular vigilância. Se mesmo em perfeita lucidez os médicos estão proibidos de sorrir, por que uma gente perdida em algum lugar entre a sanidade e a loucura teria esse direito? Estão liberados os eletrochoques, pois.

Acontece de gargalhadas avulsas escaparem ao controle, instalando o alvoroço nos hospícios. O estímulo aos alcaguetes contribui para a descoberta dos infratores. Os loucos, que são loucos, mas não são burros, logo deduram o infeliz feliz. Se é preciso um culpado, que seja outro a ficar preso à mesa de contrição das alegrias fugazes.

Em toda parte, câmeras vigiam os subversivos de riso frouxo. Espiões do governo circulam discretos, olhos treinados. O delator pode ser o vizinho, o porteiro, o taxista, o amigo, o pai, a mãe, vai saber. Todos têm a desconfiança por companheira. Não dá para confiar em ninguém depois da notícia do pai que delatara o filho.

O menino trancado horas a fio no quarto, risinhos abafados, o pai arromba a porta e o flagra a esconder a prova do delito sob a camiseta. O cínico burlava com uma revista de anedotas. Cioso das suas obrigações, o pai o leva à delegacia e recebe o prêmio prometido. Mais um a integrar a galeria dos heróis da pátria.

Os sucessivos acontecimentos emprestam força a suspeitas sem freios. Decerto ninguém escaparia de um escrutínio mais acurado. Não convém dar bandeira, nem ao menos um inocente bom dia mais caloroso ou uma gentileza nas ruas. Boas maneiras poderiam levar a más interpretações. Os corações embrutecem.

O presidente vai à internet para alertar a população sobre o perigo iminente. Exibe os seus famosos slides contendo gráficos com os avanços econômicos após as austeras medidas que garantiram maior produtividade ao país. O povo prefere rir na miséria ou usufruir de uma vida confortável com o suor do trabalho sério? Escolha óbvia, sem dúvidas.

O pronunciamento é uma resposta aos desordeiros que se reúnem às escondidas para tramar contra os interesses da pátria. Como o país pode crescer se o povo se perde em distrações, já que o riso leva à vadiagem? O presidente reconhece na sátira um instrumento de crítica, já viu umas quantas vítimas dela. Não quer ser mais uma.

O rapaz bate a porta às costas e desvia os entulhos do velho teatro abandonado até chegar ao fundo. Os espectadores gargalham ao final do discurso presidencial e logo dão início às atividades. Um jovem imberbe sobe ao palco diante da minguada plateia. Tira uma revista do bolso e a folheia. Silêncio expectante.

Todos vertem lágrimas de tanto rir. Tinham ouvido a piada um sem-número de vezes e talvez nem achassem graça em outras circunstâncias, mas nutrem a capacidade de dar valor às coisas mais triviais quando delas se é privado. Assim, entre umas piadas engraçadas e outras nem tanto, terminam a primeira etapa da jornada subversiva.

O grupo se dispersa aos poucos, em breves intervalos à saída. Indicação de um padre avesso aos modos do governo de plantão, o teatro é de grande serventia. Tornara-se um clube clandestino para onde convergem os rebeldes reunidos em torno da luta pelo direito a algo tão prosaico, mas agora proibido.

Nas ruas, os membros do movimento Revolucionários Intransigentes do Riso se reagrupam em equipes para levar a cabo a grande missão da noite, com ações em vários pontos da cidade. Alguns se cobrem com capuzes, outros vão de cara limpa. Levam às costas mochilas com os apetrechos da ação insurgente.

O sol lança luz sobre os muros e prédios pichados. *Abaixo a tristeza; Anistia para todos os felizes; Conquistar a soberania pela independência do riso; Liberdade de riso.* Os transeuntes reprimem o riso, sabem que os delatores estão à volta, e seguem em frente ignorando o chamado à subversão.

O governo recebe as provocações com inquietude. Coube ao ministério da defesa a missão de traçar planos de caça à guerrilha. É inaceitável que as forças armadas não possam conter um bando de desocupados perdidos entre o riso e a vadiagem. Os cidadãos passariam a ser recompensados por pistas do paradeiro dos agitadores.

A imprensa é convocada a dar sua contribuição. Fiscais se instalam nos órgãos de comunicação para zelar pelos padrões do bom jornalismo. Alguns poucos jornais burlam o controle e passam a publicar excertos de contos de terror no lugar dos textos censurados. Trata-se de uma pista de que ali baixara a mão peluda da censura.

O luto tornara-se traço fisionômico. Há, porém, quem se permita uma última transgressão, conquanto falte o hábito. O velhinho conhecido pela rabugice de uma vida inteira convertera-se em tribulação à família no leito de morte. Do nada, passa a gargalhar sem motivo aparente, gastando as derradeiras energias num riso distendido.

"Pai, não faça isso. A polícia está chegando", adverte o filho. "Que importa isso agora, estou morrendo", ele responde com débil voz. O moribundo vaga o olhar em coisa alguma à caça de memórias extraviadas e desata a rir. Chega a se engasgar na hilaridade, só interrompida pela tosse intermitente.

"Não vou contar pra não colocar vocês em apuros, mas essa é das boas". Ninguém entende o repentino comportamento refratário. "Nunca fui com a cara desse presidente, ele que se foda". À chegada da patrulha, olha para os homens de uniforme e dá um sorriso de escárnio antes de fechar os olhos. A última afronta.

Os rebeldes seguem com as ações clandestinas, progressivamente em maior número e mais ousados. Preparam um atentado contra a sede do governo, calculado em discussões da mais alta seriedade entremeadas por sessões de stand-up comedy. A patrulha está no encalço, sabem disso, e as reuniões secretas são marcadas por meio de mensagens cifradas.

Os insurgentes evitam os meios eletrônicos depois de o paladino da justiça ter sido alvo de hackers e vazar para a imprensa suas instruções aos promotores sobre o caso do ex-presidente que ele próprio condenaria em seguida. As autoridades são incompetentes para guardar seus próprios segredos, mas não dá para vacilar caso tenham aprendido com os próprios erros.

Chega o dia do atentado. Investir contra o palácio presidencial seria uma provocação que o alto escalão do governo não poderia esperar. Iriam desmoralizar o poder por dentro. A van estaciona três quadras antes. Quatro rebeldes permanecem à entrada, dois se dirigem à portaria, tendo às costas a mochila com as armas do ataque.

O plano é lançar os artefatos no saguão sem sair da porta giratória, num giro de 360 graus para logo debandar. Quando a porta chega a 180 graus, a dupla abre as mochilas e lança o material ao chão. Explosões simultâneas de gargalhadas saem dos embrulhos dispersos por todo o piso de mármore. O caos está instalado.

Seis guardas e duas recepcionistas são contagiados, não tardarão a contaminar os demais. É caso de extrema urgência, o chefe da segurança emite a ordem de abate aos franco-atiradores instalados nos mezaninos. Os artefatos não param de emitir os sons aterradores. Seria necessária uma operação de emergência para eliminá-los.

O exército cerca o edifício. O pelotão munido de tampões de ouvido passa a destruir os artefatos a golpe de marreta, mas um dos soldados encontra problemas com o tampão auricular. Os colegas notam a reação do infeliz feliz e dão o alerta. Indicador rente ao pescoço, o chefe da segurança emite a sentença.

O presidente volta à internet, desta vez para classificar os rebeldes de terroristas. O país não pode ficar à mercê de extremistas agora que entrou nos trilhos do desenvolvimento. O povo é convocado a dar sua contribuição. A recompensa por pistas que levem aos guerrilheiros chega à casa do milhão, além da inclusão dos delatores no panteão dos heróis nacionais.

O RIR cresce em insatisfação e contingente, com células espalhadas por todo o país. Cada vez mais pessoas querem se juntar à revolução. Novos integrantes são analisados à lupa, um modo de reduzir os riscos de infiltração. Todos no movimento estão cientes do tipo de tortura a que os companheiros capturados são submetidos para delatar os demais.

O governo recorre outra vez ao fervor patriótico como estratégia para estimular as delações. A bandeira nacional tem de ficar à mostra nas janelas. No entanto, a baixa adesão leva as autoridades a adotar medidas mais convincentes. Quem não aderir à causa nacionalista terá de se explicar. Logo, o país se vê coberto por bandeiras produzidas com subsídios estatais.

A cobertura da transação suspeita fura o bloqueio da censura. Porém, o jornalista que denunciou o superfaturamento de bandeiras em favor do filho 02 do presidente é conduzido para depor. Trata-se de suicídio, a polícia alega ao apresentar a fotografia do jornalista com o cinto em volta do pescoço, amarrado às grades da cela, as pernas dobradas na altura dos joelhos.

O assassinato, porque não parece ter sido outra coisa, inflama os ânimos e mais gente se junta à revolução. Cresce o risco de infiltrações, mas os rebeldes não podem simplesmente recusar voluntários. Um novato chama atenção dos demais pela sisudez, seria necessário interrogá-lo. Contudo, a polícia invade o teatro na hora da assembleia e captura uma dezena.

Os remanescentes não conseguem se reorganizar a tempo de ver o presidente de volta à internet. Exaltado, ele anuncia a prisão dos líderes terroristas. Ao povo não resta mais do que acreditar, sem acesso às informações inteiras. Os trechos de contos de terror nos jornais dão pistas de que mentiras pairam no ar.

O RIR se reagrupa num barracão abandonado na periferia. O alto comando nota o suspeito de volta à plateia. O que faz ali se não está aberto à seriedade e à descontração que o momento exige? O movimento acabara de sofrer um duro golpe e a hipótese de traição fervilha na mente. O frequentador misterioso seria submetido a interrogatório.

Nunca mais viu pai e mãe, levados pela polícia. Logo, não tinha razões para sorrir. A dúvida persiste, a revolução não poderia ser posta em risco por um mau julgamento. Ele seria posto à prova. A missão do novato consiste em espalhar os artefatos na estação do metrô. O lugar vira um pandemônio, uma multidão às gargalhadas.

O governo dá sinais de perder o controle, seria preciso identificar a origem das armas da guerrilha. A patrulha já havia eliminado todos os vestígios de qualquer material que suscite alguma graça, invadindo casas, empresas, repartições públicas. Tudo destruído com ampla cobertura da imprensa para deixar claro que o país não se perderia em frivolidades.

O serviço estatal de inteligência identifica um grupo fora da lei faturando alto com negócios ilegais. Os materiais subversivos entram pelas fronteiras, trazidos em grande escala pela Organização. Pessoas estão se distraindo às escondidas com as peças de pirataria, gastando o tempo em risos abafados.

As estatísticas oficiais revelam recuo nos índices econômicos e tudo indica que a causa são os negócios da Organização. É preciso acabar com a brincadeira, trata-se de um tema de segurança nacional. O governo se vê obrigado a abrir uma segunda frente de batalha.

Ao contrário dos rebeldes, a Organização não quer o fim das restrições impostas pelo governo. Quanto mais proibições, mais lucros, e assim desvincula suas transações das atividades da guerrilha. Como não há negócio clandestino sem corrupção, a Organização mantém na sua folha de pagamento um sem-número de policiais de vistas grossas.

Ao saturar as fronteiras com soldados, o governo só faz aumentar os custos da Organização. Despesas cobertas com mais contrabando e maior preço ao consumidor, que é quem paga a conta no final. O presidente perde força na imprensa, diante dos sucessivos fracassos. Mas ele não é homem de se entregar facilmente e sua luta se dá pelas armas e pelo discurso diversionista.

Acostumado a criar factoides para desviar a atenção do que realmente importa, o presidente volta à internet para falar da tentativa de se implantar o humorinismo no país, e dá ênfase aos danos causados pela Organização. "No tocante ao crime organizado, quem consome os produtos da Organização é parte da Organização, talquei?"

O comércio ilegal de produtos de humor faz prosperar a economia de uma pequena cidade do país vizinho, convertida no maior mercado mundial de felicidade clandestina. Fabricadas com mão de obra escrava em países além-mar, as quinquilharias entram pela porta dos fundos do comércio internacional. Estão disponíveis a baixo custo em lojas e barracas de camelôs da fronteira.

Agências de turismo passam a organizar excursões para quem quiser comprar a felicidade por uns poucos trocados e revender com lucro. Comboios de ônibus levam uma legião de infelizes atrás de uma ilusão passageira, na mesma proporção em que os depósitos do governo ficam abarrotados de produtos confiscados.

A estratégia do contrabando não propicia mais do que uma alegria fugaz, um devaneio incapaz de preencher o vazio existencial. As pessoas estão desesperançadas. Que graça tem todas as coisas sem estar junto a felicidade? E não há felicidade sem uns quantos risos, desses de fazer brotar lágrimas e encher a cara de rugas de satisfação.

Epidemias de todo tipo cobram o preço de uma vida de luto permanente. Um contingente de inválidos se amontoa nas camas de hospitais com anemia, dores nas costas, depressão. As mortes por doenças cardiovasculares sobem a níveis assustadores, indicam as estatísticas do ministério da saúde. A existência não só está triste, está insuportável.

Os óbitos se sucedem em tal quantidade que as seguradoras se recusam a pagar os prêmios das apólices. O que elas têm a ver com o mau uso dos outros recursos disponíveis para uma vida satisfatória? Por que elas teriam de pagar a conta? As apólices passam a prever indenização com restrições as mais variadas. As letras miúdas.

Longe dos ouvidos das autoridades, corre a informação de que outra vida é possível. Assim, nasce outro próspero negócio: tirar os infelizes do país. Há um mundo de possibilidades lá fora, lugares onde o riso brota nos lábios, e das bocas jorram anedotas. Lugares onde as pessoas são felizes e riem quando bem entendem, sem precisar pedir permissão.

A Firma tem colaboradores dentro das estruturas do governo. Com acesso ao cadastro de toda gente, sabe a quem fazer chegar tão sedutora propaganda. O casal sempre seguiu as regras, jamais cogitou violá-las, mas o filho definha a olhos vistos. Dá pena de ver moribundo o menino antes viçoso. Padece de tristeza, diagnostica o médico.

O desuso das alegrias cotidianas tirou dos pais a capacidade de sorrir e de levar o rebento a um breve riso. O filho está condenado, e na busca por um milagre ouvem a respeito de um grupo especializado em tirar os descontentes do país. Os coiotes. O serviço custa caro, de modo que o casal vende todos os seus bens a preço vil.

A viagem implica uma porção de riscos. O controle de fronteiras evita de um lado a saída e do outro, a entrada. Os vizinhos estão cautelosos por causa da diáspora do país triste. Mas os coiotes conhecem os atalhos. São dois dias de uma jornada exaustiva de ônibus, de carro e, por fim, a travessia de barco. Entre uma margem e outra, um caudal turbulento e traiçoeiro.

O casal sobe no pequeno barco a motor com o filho e mais sete tripulantes. O piloto recomenda olhos no chão durante toda a travessia, para não comprometer a navegação. Logo sentem os primeiros efeitos das marolas. Fiquem tranquilos e sentados, orienta o barqueiro, e bota o motor para trabalhar. As águas estão bravias esta noite.

O piloto divisa uma luz ao longe. Olha os passageiros, todos de cabeça baixa. Uma dúvida o faz vacilar. Talvez seja outro barco de passageiros, do contrário estariam encrencados. Nunca perdera uma viagem e por isso o patrão o tem em boa conta. Não seria desta vez que o azar estaria embarcado. E segue.

A luz ressurge mais perto. "Puta que o pariu!" Os passageiros voltam os olhos para o motivo da preocupação. A lancha da polícia se aproxima perigosamente. "Mais depressa", ordena um passageiro. "Estamos no limite". A lancha chega perto antes de fazer a curva, provocando uma onda que chacoalha a frágil embarcação.

O barco cambaleia. Os passageiros gritam, o horror nos olhos. A criança chora agarrada ao pai. O barco faz água, uma nova investida o faria virar. O piloto sabe o que está prestes a acontecer, mas, ignorando as coisas da navegação, os passageiros nutrem esperança. A lancha volta com intensidade. A onda cobre o barco, lançando metade dos ocupantes na água.

A mulher segura o assento com uma mão e o filho com a outra. "Pai, pai, pai!" O homem se mantém agarrado à borda do barco. "Se você tentar subir, vai virar", grita o piloto. "Não vou soltar", ele responde. "Você vai virar o barco com todo mundo dentro", insiste o barqueiro. "Se você soltar, nós temos uma chance, a margem tá perto". A mulher sente o drama em andamento, e chora.

"Filho, eu te amo!", o homem diz ao soltar a mão. "Pai, pai, fica comigo!", o menino grita ao vê-lo levado pela correnteza. "Pai! Volta, pai!". A mãe o aninha nos braços. A lancha some. Restam a mãe, o filho e dois passageiros. O piloto segue a travessia em silêncio. Deixa-os na outra margem do rio. Tinha feito a sua parte, agora é com eles.

O presidente segue indiferente às tragédias particulares, convicto de estar acima da pequenez mundana. Os rebeldes crescem em número, no entanto ele tem as forças militares e um terço da população a seu favor graças a um duvidoso discurso de austeridade. Contudo, o imponderável abriria um flanco nas estratégias do governo.

O vírus se alastra rápido. É tamanha a quantidade de mortos que os enterros coletivos se dão em valas abertas por retroescavadeiras. Para evitar a contaminação, os caixões são lacrados e os coveiros trabalham com roupas especiais. O presidente nega a gravidade da doença, inspirado nas ações do Irmão do Norte.

Nada do que os cientistas dizem sobre a gravidade da situação o demove da convicção de que os rebeldes estão usando o vírus para manipular a opinião pública. "É tudo fantasia, talquei?" Enquanto isso, as mortes ganham proporções de uma guerra e outros países já têm estratégias para enfrentar o inimigo invisível.

Uma preocupação secreta move o presidente no sentido contrário à luta contra o vírus. Máscaras de proteção cobrem o rosto e qualquer um poderia tripudiar do governo na cara das autoridades. Aparições públicas de cara limpa é a forma de dizer que o povo não se preocupe, que tudo não passa de uma gripezinha.

As pessoas se recolhem em quarentena, a economia retrai. A culpa é dos urubus da imprensa, que promovem a histeria como se fosse o fim do mundo. Eis o discurso do governo, tendo o presidente à frente. "Isso é coisa de maricas. Temos que ser homens, porra! Todos vão morrer um dia, talquei?"

Os prós e os contras saem às ruas. Um terço ruidoso da população o venera feito mito e, tangido pelo berrante presidencial, nega tudo o que diz a ciência. A turma da terra plana. Um terço se expõe ao enfrentamento e o terço restante se resigna apenas, a esperar que as coisas se ajustem sem precisar correr riscos.

Montado em moto ou a cavalo, sobre caminhão ou em tanque de guerra, em púlpitos ou nas redes sociais, o presidente exibe a sua feia figura sem máscara. Ele próprio arranca a proteção facial de quem se aproxima, seja adulto ou criança. As desculpas são risíveis. Entorta a boca, dá dor de cabeça, não protege ninguém.

Há desespero no ar, não só o vírus. O presidente perde apoio, sangra em público. A pandilha é convocada a dar sua contribuição, uma demonstração de força capaz de pôr a nocaute os inimigos. Uma multidão nas ruas, eis a resposta. O presidente, que já não era dado a governar, não faria outra coisa senão gastar os dias a convocar o seu rebanho.

O dia escolhido para tanger a manada aos currais país afora seria a data em que a nação comemora a independência dos espoliadores vindos do além-mar. Agora, os inimigos a combater são os revolucionários, os jornalistas, os juízes da suprema corte, os sensatos e quem mais discorde dos modos do soberano mandatário.

As ruas se enchem de bandeiras, de cartazes e insensatez. O governo não sabe, no entanto, que a turma do RIR aprendera novas estratégias. De repente, o inesperado. Algo com que ninguém estava preparado para lidar. Em meio à claque presidencial desponta o imenso cartaz em que se lê "Presidente, vá tomar no cu". Todos os olhos se voltam para o líder. O que se vê põe o chefe da segurança em alerta. O presidente sorriu.

A SIMBIOSE

Olham-se por um instante. Ao pressentir as intenções, ela foge. Os pelinhos do traseiro sentem a sutil movimentação de ar com o balançar das mãos e então corre sobre o granito escuro da pia com suas perninhas ambulatórias que as tornam andarilhas excepcionais. Esgueira-se pelas brechas detrás do freezer. Ele come o pão, bebe o café e sai. Ela permanece à espreita na porta da cozinha.

De repente o bote surpresa. Num voo ligeiro, ela embrenha-se entre as cadeiras da sala de jantar, três delas repletas de roupas sujas. Cheio de imprecações, ele murmura algo sobre a inutilidade daquele ser. Inicia-se a patética perseguição. Um bípede racional (?) de 80 quilos contra um ortóptero da família dos blatídeos, de uns poucos gramas. A lógica diria tratar-se de uma luta desigual. E foi, com vantagem para ela.

Arma em punho, ele se enfia entre as cadeiras atrás da vítima. Cadeiras, roupas, tudo vai ao chão. Ela olha provocante, com suas antenas entre os olhos compostos de formato filiforme. Ele no chão com cara de barata tonta, ela altiva com cara de gente esperta. Foi-se a paciência, veio a topada com o vidro da mesa. A barata foge.

De soslaio, ele percebe o vulto insignificante a percorrer o rodapé da sala. O chinelo voa sem encontrar destino. Vencido, senta-se no degrau entre as salas de estar e jantar. Consome-se em revolta quando se dá conta do horário. O chefe não entenderia o motivo do atraso. Lança a ela o cumprimento dos derrotados, e sai.

Durante o trabalho, vai à internet. O bicho é danado, sobreviveu a todos os cataclismos. Foram-se os dinossauros, ficaram as baratas. Sobreviveram a enchentes, fogo, frio, tudo. Outras espécies irão um dia, para sempre, mas elas ficarão para perturbar quem vier. Estarão por aí, sorrateiras, a furtar as migalhas, roubar a paciência.

No decurso das pesquisas, descobre que mesmo esses seres repugnantes têm lá o seu valor. A dona baratinha, quem diria, é importante na cadeia alimentar das espécies rastejantes – e mesmo para o homem. Fazem parte da dieta de aves, aranhas, lacraias e escorpiões, que dão uma folga para os humanos enquanto se ocupam delas.

Elas comem de tudo, têm papel vital como decompositoras de restos orgânicos. As espécies urbanas são dependentes da presença dos seres humanos. A descoberta faz brotar nele um sentimento. O chefe demonstra espanto ao ver a imagem a preencher toda a tela do computador. O inconveniente o faz interromper a pesquisa.

De volta à casa, dirige-se à cozinha, aos quartos, banheiro. Não a encontra. Senta-se no degrau da sala. Ela surge detrás do sofá, aos poucos. Fitam-se. Ele sorri, e torce para ter sido correspondido. Simpática, a barata. E bela, também, com suas antenas de barata. Está cansado, apenas acena com a mão e vai dormir.

Cumpre a velha rotina ao acordar. Banho, pasta de dentes, gel, roupa, café. Ele sentado à mesa, ela ao longe, olhar desconfiado de soslaio. Mas a safadinha está mais íntima, arrisca um desfile sobre a pia diante dos olhos. Ele dá um aceno com a mão e uma piscadela. Ao sair, deixa migalhas de pão e pingos de leite sobre a mesa.

Ele quer saber mais. À internet, portanto. As novas descobertas o deixam em tal estado de excitação que não contém os apupos, apesar dos olhares curiosos ao redor. Estes insetos – não, inseto não, elas merecem mais respeito, prefere chamá-las de amigas – consomem toneladas de fezes, cadáveres, restos alimentares, papel, cigarros, plásticos.

Por servirem de alimento aos predadores da fauna urbana, como ratos e morcegos, seu fim causaria desequilíbrio na vida urbana. Seria necessário um longo período de readaptação ecológica até outro ser vivo ocupar o lugar das baratas. Por isso, ele pensa, todos deveriam deixá-las à vontade nos esgotos, lixeiras e cemitérios. Em casa também.

Outra vez o chefe aparece do nada para inspecionar a tela do computador e, mais uma vez, dá de cara com a imagem que o faz comprimir a boca em reprovação. Franze o cenho, olha desconfiado. Ele sorri amarelo e fecha a página. Nisso, ouve um grito vindo do outro lado da sala. Estica os olhos.

A moça escandalosa está toda cheia de melindres só porque viu uma baratinha atrás do bebedouro. Ele balança a cabeça com ar de reprovação, embora o que quisesse mesmo era dar uns tapas na cara daquela idiota. Uma mulher desse tamanho com medo de uma baratinha? Ora, faça-me o favor!

Um imbecil avança o pé imundo contra a pobrezinha quando a vê botar a cabecinha para fora, sob o bebedouro. Uma força interior o invade naquele instante e ele avança sobre o sujeito. Alguém precisa salvar a criaturinha inocente da ignorância daquelas pessoas. O incidente rende uma dura reprimenda do chefe. Pelo menos fez o que deveria ter feito.

À noite, senta-se no degrau da escada e passa a relatar os acontecimentos do dia, ciente de que ela o está ouvindo detrás da fresta do rodapé da sala, onde a tinha flagrado entrando algumas vezes. Dá ênfase ao ato de bravura no bebedouro. Quer que ela sinta confiança para quando precisar dele diante de algum rato ou de uma lagartixa metida a besta.

O dia tinha sido cansativo. Abre uma lata de cerveja ao falar e gesticular dando detalhes da façanha. Faz um discurso indignado sobre a incompreensão daquela gente estúpida, e o chacoalhar da lata faz respingar cerveja em vários pontos do assoalho. Não demora e ela se junta a ele, instalando-se diante de uma reluzente gota.

Ele ri da cena. Ela bebe de canudinho. Viu-se obrigado a interromper o relato da odisseia no escritório para dizer a ela que beber cerveja de canudinho é tão non sense quanto beber cerveja com gelo. Não faz sentido. Ela parece não dar bola para o alerta, continua a sugar a bebida a seu modo.

Ele não pode se alongar na conversa porque o dia seguinte seria longo, e o chefe estava de olho por causa das pesquisas na internet. A manhã traz os hábitos de sempre. Banho, pasta de dentes, gel, roupa, café. A rotina já não é a mesma, porque agora tem uma amiga à mesa. Nem lembra a última vez em que dispôs de uma companhia desde que a mulher o abandonara.

Teve de driblar o chefe para pesquisar mais sobre a amiguinha. Descobre que há duas espécies mais comuns em áreas urbanas, a barata de esgoto (Periplaneta americana) e a francesinha, ou alemãzinha (Blatella germanica). Prefere acreditar que ela seja francesa, é mais chique. São mais ativas à noite, quando deixam seus abrigos à procura de alimentos. Imagina o esforço da pobrezinha para acordar cedo para fazer companhia a ele no café da manhã. Que amor!

Ele passa a reparar nos gostos e modos dela à mesa. As antenas, que fazem a vez de nariz, se esfregam na comida para sentir o cheiro. Enquanto isso, suas hastes fininhas, os palpos, agarram a comida para sentir o gosto antes de enfiá-la na boca. Assim, ele toma o café enquanto ao lado ela come as migalhas de pão e saboreia restos de gordura.

Ela prefere alimentos ricos em amido, açúcar e gordura, e também devora papéis, excrementos, sangue, insetos mortos, resíduos de lixo, esgoto. Tem o hábito de regurgitar um pouco do alimento parcialmente digerido e depositar fezes, frequentemente ao mesmo tempo em que se alimenta. Pois é, ele precisa conversar com a amiga sobre eventuais mudanças nos hábitos alimentares.

O perigo está perto. O chefe escroto passa ao redor como quem não quer nada, espreitando a tela do computador. A vigilância aumentou desde o episódio no bebedouro, quando falou para todos deixarem as baratinhas em paz. O chefe inventa desculpas para inspecionar o que ele está fazendo, mas sempre se dá mal, o otário.

De volta à internet, descobre mais sobre a amiga. À noite, compartilha com ela outra cerveja, agora lado a lado. "Descobri que você prefere locais quentes e úmidos. Sabia que a minha cama é bem quentinha?", deixa escapar despretensiosamente. "Não acho legal essa história de você habitar locais com muita gordura e matéria orgânica, como galerias de esgoto, bueiros, caixas de gordura".

O recado foi bastante claro, ainda assim parece que ela não entendeu, ou não se interessou. Ele dorme sozinho, como todas as noites. Durante o café, não esconde o ressentimento. Prepara a mesa sem dizer palavra. Nota olhares cheios de interrogações. São muitos olhos, uns dois mil, ele não dá o braço a torcer. Poxa, tinha dado todas as deixas na noite anterior.

No escritório, leva adiante as pesquisas – já não faz nada além disso. A barata francesinha habita cozinhas e despensas, armários, gavetas, interruptores de luz, eletrodomésticos, vãos de batentes, rodapés, pias, dutos de fiação elétrica, garagens, sótãos, depósitos de papel. Tantas possibilidades o impressiona.

Apesar do jogo duro, enfim faz uma descoberta importante. Sempre quis namorar uma francesa. Os franceses têm fama de não serem muito chegados a banho, por isso inventaram o perfume para disfarçar o mau-cheiro. Será que ela herdou esses hábitos? Isso não tem importância, ele só consegue pensar que ela tem um ar europeu, uma certa nobreza nas múltiplas e delicadas patinhas.

O chefe inconveniente circula ao redor, mas nada mais importa agora que tem em casa alguém cuja árvore genealógica tem raízes fincadas na nobreza europeia. E se ela tiver alguma herança para receber na França? O entusiasmo o faz olhar uma última página na internet antes de desligar o computador.

Identifica um complô contra as baratinhas do mundo todo. Um site calunioso diz que baratas domésticas transmitem doenças, carregam agentes patogênicos por onde passam. Chora diante de tamanha injustiça, e as mentiras não cessam a cada novo parágrafo. As acusações não têm fim.

Como podem afirmar que essas criaturinhas meigas disseminam bactérias, fungos, vírus, protozoários patogênicos causadores de enfermidades como conjuntivites, alergias, infecções, gastroenterites, gangrena, pneumonias, verminoses, micoses, poliomielite, hepatite. São tantas coisas! Tinha planejado voltar para casa com notícias alvissareiras sobre uma nobre dinastia europeia e agora chega abatido com uma carga de notícias mentirosas.

Não há clima para comemoração e não abre nenhuma cerveja. Nota que ela fica chateada, entretanto não quer correr o risco de se embriagar e falar demais. E nem pode explicar isso porque teria de entrar a fundo no assunto e falar sobre a campanha de difamação na internet. Praticamente não conversa naquela noite.

Prestes a pegar no sono, sente perninhas a trepidar sobre o edredom. Suspira fundo e agradece aos céus. Mesmo na penumbra, pode sentir os milhares de olhinhos a espreitá-lo. Não pode vê-la com seus olhos de uma lente apenas, enquanto ela pode vê-lo por inteiro com suas duas mil lentes. Ela o enxerga mesmo quando quase não há luz. Adormece feliz, ela ao seu lado.

As noites foram ficando mais íntimas e logo estão juntos debaixo do edredom. Os dias correm felizes, até descobrir que a sua francesinha vive no máximo nove meses – uma injustiça, já que a barata de esgoto, essa imunda, pode viver até três anos. Seria preciso acelerar as coisas, pois o tempo juntos estava cada vez mais escasso.

Os dias correm felizes, apesar dos inconvenientes. O pessoal do escritório nota mudanças. Ele deixa o cabelo crescer, não faz a barba, não toma banho, não interage com ninguém, a mesa abarrotada de papeis. Não tolera mais aquela gente a ponto de não ir mais ao trabalho. Abastece a despensa com mantimentos e se tranca em casa.

Cria um blog, sua única interação com o mundo. Ali, anuncia o casamento, sem se importar com a maledicência alheia. Uma barata fêmea fica quase todo o tempo grávida, e ele comunica a gravidez da noiva. Ela carrega centenas de ovos capazes de germinar mesmo depois da morte da genitora.

"Não adianta jogar inseticida, nossos ovos sobreviverão. Não há nada que vocês possam fazer. A velocidade de reprodução é o nosso trunfo. Para cada uma de nós que vocês matarem, aparecerão milhares. Só eu e minha amada vamos deixar cem mil descendentes. E vocês, quantos vão deixar?"

A última postagem soa a derradeira provocação. "Lamento informar, mas vocês não vão se livrar de nós. O dia em que um asteroide ou uma bomba nuclear pôr fim à humanidade, vamos esperar baixar a poeira e depois sair para ver se teremos de dividir o mundo com outros seres estúpidos iguais a vocês".

A SOCIEDADE DOS PERSONAGENS MORTOS

Eu poderia permanecer em silêncio, é meu direito, mas agora pouco importa. O relato dos fatos talvez atenue a culpa. Morava no último andar na tentativa de escapar dos barulhos irritantes. Vivi três anos em relativa tranquilidade, até um jovem e ruidoso casal se mudar para o apartamento ao lado. Foi quando começou o tormento. As madrugadas oscilavam entre brigas e gemidos de prazer. Numa dessas ocasiões, eu fui

—Ei, desculpe interromper.

—Hã!?

—É com você mesmo que estou falando.

—Caraca, mano, história maluca da porra!

—Esqueça a história, a conversa agora é comigo.

—Baguio doido do carai, véi!

—Espere, não vire a página!

—Carai, mano, tô maluco ou o livro tá falano comigo?

—Você não está maluco, vou explicar.

—Eu tava na quebrada e os vacilão viero pra cima. Mandei o primeiro pro chão cum soco e o otro

—Segura a onda, rapaz, e me escute.

—puxô a faca e eu

—Dá pra parar com essa babaquice?

—Sinistro, brou, o que eu falo aparece escrito no livro.

—Valha-me deus, outro daqueles leitores idiotas.

—Não sei quem tu é, mas tu é babaca pra carai, tá ligado?

—Calma, rapaz, deixe-me explicar. Veja se não tem ninguém por perto, alguém em atitude suspeita.

—Se liga, véi, como vô sabê se alguém tá em atitude suspeita?

—Ele está chegando. Esconda o livro e só reabra quando ele for embora.

—Essa história me pertence, eu a escrevi. Vai tentar estragá-la também?

—Que treta doida é essa, mano? Ceis são quem?

—Fui personagem desse infame. Na época não sabia como reagir, não fazia ideia de como funcionava esse negócio de ser personagem. Pensava que o escritor fosse deus, e na verdade ele é um pouco deus, porque nos cria e dispõe da gente como quiser.

—Você está morto, não consegue entender isso?

—Não sei se você teve paciência pra ler os outros contos, porque os leitores vão pulando até encontrar algo interessante, o que não é o caso deste livro, claro. Se não leu, posso fazer um resumo da historinha que esse boçal arranjou pra mim.

—Você foi só um personagem e morreu. Acabou, não existe mais.

—Como um néscio desses pode ser escritor? Depois que você cria um personagem ele já não lhe pertence mais, passa a pertencer aos leitores, e sempre vai existir um leitor que nos deixará vivos na memória. Enquanto houver a memória do leitor, nós estaremos vivos. Pode me jogar quantas vezes quiser do vigésimo andar, mas sempre estarei vivo. E você não pode fazer nada quanto a isso.

—Você foi criado para cumprir aquela função dentro daquela história. A história acabou, você acabou.

—Não, eu não acabei. A história não acabou. Posso não gostar do fim da história, o leitor pode não gostar do fim da história. Pergunte pra ele.

— De que porra de história ceis tão falano, maluco?

— Pô, mano, não tá me reconhecendo?

— Carai, mano, era tu? Eu tava lendo essa parada enquanto minha mina procura uns livro da facul. Até que a história é maneira, mas não curti o final. Nada a ver, saca?

— Então leu aquela merda? Dá pra acreditar que um garoto se apaixonaria por uma mulher de panfleto pornográfico? E o pior, que se mataria por causa dela? Só um acéfalo criaria uma história dessas.

— Queria o que, se casar com a filha do pastor, ter filhos, trabalhar, envelhecer e morrer de câncer? Queria terminar a vida no trono de um apartamento, a boca escancarada cheia de dentes, esperando a morte chegar, igual ao palerma da música? Quando muito, seria lembrado como um velho inútil.

— Ora, ora, escritores se acham a quintessência da inteligência humana. Veja o pronome inicial da historinha que você começou a ler. Por que essa mania de escrever em primeira pessoa? Típico dos ególatras.

— Vou criar outra história e te matar de novo, e desta vez todo mundo vai odiá-lo a ponto de torcer pela sua morte.

— Ah! Ah! Ah! Ah! Ressuscitar alguém que rachou a cabeça caindo do vigésimo andar. Conte outra, otário!

— Quem disse que o personagem morreu?

— Acabou de confessar. "Vou criar outra história e te matar de novo", lembra?

— Mas isso não está escrito.

— Ah, não! Faça-me o favor. Pergunte se ele acredita que alguém sobreviveria.

— Caraca, mano. Difícil sair de boa dessa parada, né?

— Liberdade de criação, nunca ouviram falar?

— Você não teria competência para tanto, não consegue ir além do roteirinho de sempre. Um solitário de meia-idade se consome em remorso porque fez merda. Aí, por um motivo qualquer, resolve contar a sua versão da história, cheio de conflitos internos e clichês psicológicos. Blá-blá-blá!

— Como tem tanta certeza, se interrompeu a leitura com as suas lamúrias?

— Eu te conheço, estive na sua mente antes de nascer naquela história ridícula.

— Se conhece a minha mente, sabe como tem de ser.

— Não, não precisa ser assim. Tem uns hipócritas que dizem que os personagens são como filhos. Se são filhos, por que os matam? Que tipo de pai mata o filho?

— Eu nunca disse isso.

— Bem a cara dos cínicos tirar o corpo fora. Te conheço bem, aprendeu com louvor as lições dos gregos, os mestres da dissimulação.

— Vejo que andou lendo uns clássicos desde o nosso último encontro. Mas só ler não basta, é preciso entendê-los.

— Li o suficiente para entender que a morte é um clichê e a tragédia, um mantra literário.

— Ora, veja, um estagiário bancando o professor. A tragédia como gênero literário é uma forma de representação da realidade, seu analfabeto.

— Uma representação bem duvidosa, convenhamos. O homem sempre foi incapaz de compreender o propósito da sua existência e por isso passou a fabricar uma realidade muito conveniente na tentativa de mascarar o próprio destino.

— Interpreta o destino como uma mera fatalidade inevitável, quando na verdade ele nos conscientiza da nossa mortalidade e nos confronta com as nossas limitações. É a possibilidade de escolha que conduz ao trágico, pois é preciso decidir entre muitas opções e nunca saberemos se a escolha foi boa ou ruim antes de nos havermos com as suas consequências.

—Vocês são engraçados, tentam nos convencer de que cada um tem o seu próprio destino e não se deve questioná-lo, mas querem controlar a vida dos outros e ainda criam os seus próprios deuses na esperança de garantir um bom destino para si mesmos.

—Se entendesse os gregos que anda lendo, compreenderia o destino como sina do homem, que deve conhecer os seus limites.

—Tira do fosso da história ideias questionáveis para justificar a sua inépcia. Esses a quem você se refere sugeriam que o homem é o senhor das suas escolhas, tirando dos deuses a responsabilidade pelas fatalidades humanas.

—Estúpido, precisa entender a simbologia das representações. Se os deuses fossem os únicos responsáveis, que mérito teriam os homens e como os deuses iriam punir as injustiças e os ultrajes para restabelecer a ordem?

—Um argumento bem ordinário. A devoção aos deuses os impedia de atribuir-lhes quaisquer responsabilidades.

—Se fizessem isso, incorreriam no erro de questionar os propósitos divinos e colocariam em dúvida o lugar destinado a homens e deuses.

—Que diabos de lugar é esse? Provocar o engano e enredar a todos nas artimanhas da fatalidade? Seus deuses induzem ao pecado para logo impor o castigo por pura inveja da felicidade humana.

—Não venha com esses arroubos juvenis. Se leu os gregos e propôs essa discussão, decerto viu a perspectiva sobre a justiça divina, que valoriza a responsabilidade da ação do homem e o premia ou castiga para restituir a ordem natural das coisas.

—Vocês são tão ignorantes que insistem nesse pensamento arcaico de uma justiça fundada no temor a algo ou a alguém, às leis ou aos deuses. São tão obtusos que uns eclesiásticos muito espertos se aproveitaram dessa ignorância para tirar vantagem. Juntaram um monte de deuses num só, copiaram ideias alheias e criaram suas próprias escrituras sagradas para controlar multidões. Sabia que é tudo plágio ou pura invenção? Evidente que um escritor canhestro não iria saber.

—Céus, um iconoclasta recém-saído das fraldas! Sabia que o livro a que se refere com tanto desdém é um documento histórico?

—Bem sabe que a história não passa de versões, que só as mais convenientes são contadas. E como explica tanto plágio e hipocrisia? Como um livro sagrado tem tantos assassinatos em nome de um deus? Dois milhões e meio. Sabia que contaram? Nem todos foram identificados, por isso criamos uma força-tarefa para encontrá-los. Muitos estão no inferno, mas no momento não estamos fazendo distinção para entrar na nossa sociedade. É difícil, mas o Caronte está dando uma ajuda.

—Patético! Até quando vai insistir nesse embuste de sindicato? Onde quer chegar juntando um monte de cadáveres de quem nunca existiu?

—Que papo podre, mano. Ceis são sem noção. Vô fechá o livro e acabá com essa parada, tá ligado?

—Ok, mano, deixa eu explicar. Quando fui assassinado por esse calhorda, iniciei uma jornada em busca de outras vítimas desses deuses de palavras dolosas.

—Não se deixe enganar, esse tolo pretensioso pensa que pode juntar um exército fictício para voltar e decidir os rumos das nossas histórias.

—Vocês moldam a realidade conforme os seus interesses, agora vamos recontá-la sob outra perspectiva.

—Estou sem ânimo para bravatas, em todo caso farei um esforço. Quem sabe isso renda uma história sobre personagens em delírio.

—A ironia não é a sua melhor qualidade, se é que tem alguma.

—Essa conversa fiada deixou de ser divertida. Chegou a sua hora de ir.

—Não sem antes cumprir a missão.

—De novo essa sandice.

—Sandice são tantas mortes desnecessárias. Deixem o final da história com a gente, será melhor.

—Não escrevo livro de autoajuda. Isso não é literatura.

—E o que você escreve é literatura, por acaso?

—Dispenso sua crítica literária.

—Aí, na moral, ceis tão por fora com esse papo de tiozão, tá ligado?

—Fique na sua, mano. Se tivesse um mínimo de critério literário, não estaria lendo as asneiras desse escritor desprezível. Ninguém dá importância ao que ele escreve.

—Por que se importa, então?

—Fui sua vítima, esqueceu? Escritores são covardes e arrogantes, transferem para os personagens a responsabilidade pela própria morte. Acha justo obrigar alguém a se matar só para vender livros?

—Acha-se muito inteligente e é incapaz de entender que o suicídio é a única questão filosófica que realmente importa. Deve ter lido sobre isso se também invadiu a mente do escritor do absurdo.

—O suicídio é inútil e estúpido, um grande filósofo já advertira muito antes desse niilista lançar essas ideias malucas. O indivíduo se destrói, mas mantém o problema. Qual o sentido disso?

—Eis uma boa questão. O indivíduo não teria o direito de dispor da própria vida como quiser? Não seria o único momento em que pode verdadeiramente ser o senhor de si mesmo?

—Enfim, chegamos ao capítulo do velho e inútil clichê do livre-arbítrio. Quanta incoerência. Decida-se, as pessoas têm autonomia ou são governadas por essas forças supremas com as quais vocês se iludem?

—Não se trata de simplesmente entregar a vida nas mãos de um ente supremo. Algumas pessoas têm maior liberdade de escolha, mas todas a têm.

—Ora, veja quem fala. Que escolha eu tive, que liberdade você me deu? Escritores são traiçoeiros, escondem-se nas entrelinhas para zombar dos leitores, fazem todo mundo se apaixonar pelo personagem e depois o matam sem necessidade.

—Sem necessidade? A morte de um personagem justifica a existência dele.

—A morte não é necessária quando se pode evitá-la.

—Ora, vamos! Se não entende a lógica da literatura, não pode avaliar o que é realmente necessário na arte da ficção.

—Pois bem, quer um exemplo de morte desnecessária nisso que você chama de arte da ficção? Veja o Gregor, um cara tão gente boa, ele precisava morrer daquela forma estúpida, com uma maçã cravada nas costas?

—Gregor odiava o emprego, sentia-se fracassado, já não servia para a família, era descartável porque não se ajustava mais àquilo que esperavam dele. Faziam-no sentir-se um inseto, algo no que ele se viu transformado pela força da contingência à qual estava mergulhado.

—Insetos eram os outros. Por que não o deixar viver a nova vida de barata nos esgotos, em meio a seres melhores do que aqueles com quem ele convivia?

— As reações à impotência de Gregor frente a coisas antes comuns expõem a falta de escrúpulos quando não se sabe lidar com os conflitos das opressoras estruturas sociais que nos reduzem às aparências e ao que somos capazes de produzir.

— Até parece que esse discursinho anticapitalista vai convencer. O Gregor foi um artifício do autor para se vingar do pai, com quem vivia às turras. A maior vingança seria ele continuar vivo, o pai gostasse ou não.

— Sua indolência não o deixa ver que Gregor e autor são um só. Escrever também é morrer, deveria saber disso se anda vasculhando a mente dos escritores em busca de vingança. Cada obra escrita é um caminho para a morte. Não conhece o aforismo do autor, "escrever para poder morrer, morrer para poder escrever"?

— E você se apropriou da ideia do cara pra escrever aquele conto de merda da baratinha francesa. Isso é plágio, sabia?

— Não seja desonesto. Nós, escritores, somos o resultado das aquisições dos que chegaram antes de nós, somos devedores daqueles que guiam as nossas ideias. Não se deve confundir inspiração com plágio.

— São uns bons imitadores, isso sim. Macacos melhorados. Argumente o quanto quiser, não passa de cópia descarada. Pudera, não se pode esperar coisa melhor de quem é doutrinado pelo livro sagrado da morte e do plágio.

— De novo essa lengalenga? Estou enganado ou quem pensa ter vida própria não sabe distinguir o que é história e o que é fantasia?

— Santa ignorância! Acredita mesmo que tudo o que está escrito lá é verdade? Não à toa é um apedeuta de letras apagadas.

— Não me atribua falsas interpretações. Você não passa de um vaidoso com tamanha pretensão.

— Quem é o vaidoso aqui? Sua vaidade não o deixa enxergar a um palmo do nariz. Não sou mais o menino ingênuo executado sem clemência. Adquiri no mundo dos livros o conhecimento que você nunca terá.

— Quanto pedantismo! Mesmo se isso fosse verdade, de que adianta tanto conhecimento se não aprendeu o suficiente para compreender como funciona a literatura.

— Aprendi o bastante para saber que nada se cria, tudo se copia. Igual as escrituras plagiadas que escritores medíocres como você copiam.

— Pois então deveria saber que vida e morte são indissociáveis. O impulso da vida é a morte. Por quais livros tem transitado que não encontrou o psicanalista que disse que a vida só pensa na morte? Ao buscarmos a vida, morremos. Mas você, muito esperto, quer passar a perna na morte.

— Olha que dissimulado! E a lorota de que um personagem memorável merece uma morte memorável? Você escreveu um conto inteiro sobre mim e me matou do nada, por motivo fútil. O que há de memorável em se jogar do vigésimo andar?

— Muita pretensão se achar um personagem memorável. Nunca passou de um pivete punheteiro e agora quer bancar o professor.

— Ninguém nos pergunta se queremos viver ou morrer, se queremos pagar com a morte as culpas que nos atribuem. Simplesmente nos matam. Umas mortes horrendas, rachando a cabeça no asfalto.

— O violento também é belo, porque choca. O que há de feio na morte, se ela nos torna belos?

— Belo!? O que há de belo na morte de Emma? Uma morte atroz, um suplício que escandalizou até o mais refinado poeta romântico. Foi tão chocante que ele até advertiu o amigo por ter ido longe demais.

— A morte de Emma representou o renascer de outras mulheres, pôs a nu o que as mata em vida. Se a todos a morte expõe a nossa condição miserável, aproximando-nos do primitivo ao nos confrontar com a dor e o sofrimento, à mulher pesam ainda as convenções sociais.

— Boa tentativa, mas vejo apenas o ranço da vingança. Era como se houvesse a certeza de que o marido só a amaria depois de morta, e o autor ainda a tornou um cadáver insepulto aprisionado por longos anos a um amor necro-platônico.

— A vida era uma farsa. Emma buscou a morte e nela encontrou um lugar em que pudesse experimentar sensações antes proibidas. A alma já a tinha abandonado.

— O plano desde o início era matar Emma, e para fazer o serviço sujo o autor criou um narrador que não nutria o menor apreço por ela. Matou-a por inveja da sua vitalidade, da paixão erótica, sua área de domínio em que cabiam tanto a sexualidade feminina quanto a masculina.

— Parece uma razoável análise das causas, mas precisa interpretar o desfecho da história como consequência da nossa incapacidade de lidar com as perdas que vão nos enfraquecendo e destruindo.

— O narcisismo de Emma era antes uma virtude, só que o autor se recusou a criar condições para ela absorver a si mesma e a tornou incapaz de aceitar as perdas a ponto de induzi-la a um insano comportamento suicida.

— Não há explicação dogmática para o imponderável. As inevitáveis desgraças são inerentes à existência humana e moldam as nuances da vida até o epílogo. A alguns o fardo é maior, infelizmente.

— Como de costume, às mulheres resta a má sorte e o fardo mais pesado. Quanto mais distinta ela for, maior o magote de infortúnios, pior os trastes pelo caminho. Uma hora é o infame Bovary sufocando Emma, em outra é o canalha do Vronski explorando Anna. Quem estaria livre de se apaixonar por uma delas e pela sua vontade de viver? Os próprios autores estavam claramente apaixonados por elas.

— Considere que provavelmente qualquer homem seria inadequado para Anna ou para Emma, pois não há nenhum que se compare a elas em vitalidade. Mulheres assim são incapazes de viver diferente disso, e os homens nem sempre conseguem lidar com mulheres com vontade própria.

— E a saída mais cômoda é submetê-las ao suicídio em vez de aceitá-las como são. O que há de belo ou de nobre em obrigar uma a ingerir veneno e a outra a desfigurar sua beleza debaixo de um trem?

— Era muito sofrimento para se permitir que continuasse. Seria tortura imaginar uma condição em que elas apenas tolerassem uma vida meramente satisfatória. A morte foi um alívio. Um fim trágico, porém um alívio.

— Qual a razão desse maniqueísmo irascível ao submeter alguns à morte para o deleite de outros? Pura tirania.

— O autor cria seus personagens para testar os limites de sua própria existência. A tragédia de Anna é também a tragédia do autor, igualmente ameaçado pelos efeitos de sua própria vitalidade excessiva.

— Incapaz de se matar, mata no outro a representação de si. Não é o primeiro caso em que o moralismo apocalíptico do autor destrói a personagem, um pretexto para aplacar o próprio sofrimento.

— Maciços de sombra cobriam aquela débil existência. Ela estava comprometida com o seu próprio modo de vida, sem considerar o mundo ao redor.

— Anna repete Emma, ambas arrastadas pela vida em sua intensidade que nem elas próprias entendiam apenas por que os escritores lhes deram a convicção inconsistente de que tinham nas mãos as rédeas do destino. Ardia no íntimo o entusiasmo que as fazia viver na íntegra cada experiência, desejavam dar um significado à vida, ainda que todo o resto trabalhasse contra. Passaram intermináveis maus pedaços e no fim pagaram caro. Quantos de vocês descontam seus terrores secretos nos personagens?

— Não cabe à literatura dar respostas e sim reflexões. Quanto aos personagens, não posso falar pelos outros, só posso afirmar que há um significado para o fim de cada uma das minhas criações. Uma parte de nós também morre ao fim de cada livro, e também morremos um pouco junto com os personagens que precisamos matar.

— Outra vez essa hipocrisia. São todos iguais, inclusive ao copiar as fórmulas que deram certo com o público e a crítica. Veja se o Otelo precisava matar a Desdêmona, se a amava como dizia?

— A ruptura incita ao movimento. Não parece curioso que às vezes só uma tragédia seja capaz de chamar a atenção para as consequências dos falsos amigos, do racismo, da cobiça, da vaidade, da inveja, da traição?

— Por que não matar o filha da puta do Iago? Condena o mocinho em vez de punir o vilão.

— Por acaso estamos falando de mortes seletivas? Só os vilões devem morrer? Imagine o marasmo de uma história sem a morte a provocar reações. A morte dá vida ao enredo.

— Esta é a evasiva para o cara entrar no modo assassino e ir escrevendo? Nem dá pra contar quantos personagens ele matou.

— Se parar de implicância e analisar caso a caso, verá que todos precisavam morrer para dar sentido à história.

— A cegueira da egolatria não os deixa ver a discórdia que provocam na eternidade dos personagens. Desdêmona nunca perdoou Otelo, mesmo depois do dramalhão de se apunhalar e morrer beijando o corpo da amada.

— A morte é fruto de reflexões, não se dá ao acaso. Um personagem não morre simplesmente porque o autor quer que ele morra. Sempre existe um motivo.

— Balela! Entre um milhão de possibilidades, vocês preferem matar o personagem para simplificar a trama e fisgar o leitor pela emoção. Veja se Diadorim precisava morrer para Riobaldo descobrir que ela era mulher e só assim entender os próprios sentimentos?

— Acha mesmo possível um amor homossexual naquele reduto sertanejo, deus e o diabo a meio palmo na vida daquela gente?

— Vocês não são os deuses? O cara podia ter arranjado as coisas.

— Desisto! Se a essa altura você não entendeu o que é e como funciona a literatura, não sou eu quem vai explicar.

— Você me toma como retardado, tal como quiseram fazer parecer a Macabéa. A propósito, a coitadinha bem que podia ter virado estrela sem precisar ser atropelada.

— Só um estúpido não percebe que ela enfim encontrou a sua essência e nasceu na hora da morte. Não fosse isso, seguiria naquela vidinha sem consciência de si mesma. Com a morte ela ganhou a significação definitiva.

— Macabéa tem um pouco de Emma, que só começa a falar por si depois do casamento. E novamente uma mulher precisou se incorporar à narração de um homem para ganhar algum significado, e a personagem só passa a existir quando projetada em um personagem masculino.

— Sério que quer entrar nesse tipo de discussão?

— E por que não? Anna e Emma discordam do jeito como foram retratadas por homens, e elas têm todo o direito de questionar isso. Faltava consciência a elas enquanto estavam vivas na história, porque não tinham o domínio de suas ações, mas andaram lendo algumas coisas depois de mortas.

—Mesmo? E o que elas andaram lendo?

—Essas coisas de um homem não ser capaz de entender quem é e o que sente uma mulher.

—Pois deixe-me fazer uns esclarecimentos. O escritor é aquele que, quando escreve, não distingue o sexo que vai envergar. Ele está autorizado pela história literária a ser homem ou mulher enquanto escreve. O autor que não pode se apropriar da voz feminina ou da voz masculina, sendo mulher ou homem, não está preparado para ser um escritor completo. A história da literatura é feita de alternâncias vocais, ora você pode ser homem, ora você pode ser mulher.

—Enfim um argumento a se considerar.

—Surpreso? Quem disse isso foi uma escritora mulher.

—Bem imaginei que era muita coisa para o seu débil intelecto.

—Dispenso o sarcasmo. Está convencido que não vai a lugar nenhum com essa tolice? Hora de desaparecer.

—Não até vocês pararem de transferir para nós os seus acervos de fraquezas. Não é porque vão morrer que nós precisamos morrer também.

—Isso diz respeito a todos, indistintamente. Não há como dissipar esta sombra perpétua que nos persegue, o seu embate com a vida que se repete, e se repete, e se repete. E todos sabemos quem sempre vence no final.

—Deve ser triste saber que está gestando a própria morte dia após dia e uma hora ela irromperá resoluta e inefável. Essa fixação pela morte é uma fracassada tentativa de entendê-la, de exorcizá-la na morte do outro. Não passa de um alento, como se o regozijo na morte do outro atenuasse o seu próprio fim.

—Como pode pensar em regozijo na morte? Imagina isso em Macabéa? Ela era como um inseto, sem a forma do Gregor, percebe? O que pode esperar da vida alguém que apenas come, dorme e respira? Ela enfim encontrou a vida na morte.

—Fala como se a morte fosse um prêmio. Sabem que vão desaparecer para sempre e se apressam para deixar algo na ilusão da imortalidade. Vivem a crença de que há um prêmio depois da morte, mas me deixe contar um segredo: não existe nenhum prêmio.

—Sua arrogância não tem limites. O que um mero personagem de ficção que nunca viveu no mundo real poderia saber a respeito do mundo sobrenatural?

—Vocês são mesmo estúpidos e contraditórios. Impõem aos personagens um existencialismo do absurdo, mas acreditam que forças cósmicas guiam as suas vidas. Julgam-se inteligentes, entretanto não passam de seres primitivos a sustentar a crença de que um ente supremo irá lhes assegurar uma existência melhor em outra dimensão, ou qualquer bobagem dessas.

—Não lhe parece injusto julgar alguém por acreditar em uma recompensa final como forma de suportar o fardo de uma guerra cuja derrota é certa?

—Se essa gente fosse só um pouquinho perspicaz, saberia que não há posteridade e aproveitaria tudo o que uma vida efêmera oferece. Mas o medo se entrincheirou nesses devotos de fé cega e a vida se tornou apenas uma preparação para o além-morte, e desse modo vai-se preenchendo os vazios da geografia interior com epifanias.

—Precisa entender que a ideia de paz eterna não é só tentadora, ela é necessária para suportar as regras da vida ordinária com sua carga de restrições arbitrárias.

—E, claro, os boatos trabalham a favor dessas crenças místicas quando o temor do desconhecido conspira para a convicção de uma punição pós-morte.

—Seria difícil carregar o peso de dias terríveis sem ter no que acreditar, da mesma forma que um escritor conserva suas esperanças por meio de seus escritos.

—Quem poderá afirmar, se ninguém jamais voltou para dizer como é do outro lado? Os que insistem nessa ideia o fazem por interesses discutíveis, e, sinceramente, duvido que acreditem no que pregam.

—Se transita por todos os saberes, como afirma, deve ter se deparado com muitos filósofos a afirmar que o homem aceita se submeter à escravidão se houver uma esperança que a sustente e uma firme convicção nessa esperança.

—Uma esperança a serviço da traição e do engano. Traidor foi Judas ou quem o manipulou? Sem um bode-expiatório não existiria o mito do deus terreno. E o que Judas ganhou em troca? A condenação perpétua. É disso que eu falo, a estratégia maniqueísta de impor falsas disjuntivas aos personagens.

—Tamanho desprezo só reflete a sua autorrejeição. Deveria aceitar quem você é, aceitar os fatos como são ao invés de tentar ressignificá-los para se ajustarem às suas convicções.

—Isso é coisa de hedonistas como você, que vivem numa sociedade agonística em que a verdadeira morte é ser esquecido para sempre. Num despiste ao ostracismo, dispõem as coisas a seu modo na esperança de se manterem vivos no reconhecimento do outro.

—Vivenciamos a forçosa aceitação diária da morte, não acha justo que busquemos nos elevar acima das ambições vulgares?

— Eis o germe do egoísmo. Ninguém acha que merece a morte e não quer entregar os pontos ainda que sua luta pela vida possa dominar tudo ao redor e ir matando os outros aos poucos.

— Nada mais natural as pessoas se agarrarem à vida sendo a única certeza que elas têm.

— Então admite que se trata de devaneio a crença de uma vida após a morte?

— Não foi o que eu disse, ardiloso. Para muitos, a vida eterna é uma convicção necessária para a manutenção da vida terrena.

— Sei, uma vida guiada pela fé, essa pantomima que os persegue do primeiro vagido à extrema-unção.

— Não acha justo que, quando tudo falha, as pessoas recorram ao divino por um tempo extra ou por um bom lugar no paraíso?

— Acho tudo muito risível, isso sim. De que adianta essa fé inabalável se os deuses brincam com as pessoas assim como vocês brincam com os personagens?

— Só respondo pelos meus personagens. E você, sendo um deles, precisou morrer. Não consegue entender?

— Não, eu não precisava morrer. E você, seu filho da puta, você me matou virgem. Quem morre virgem hoje em dia?

— Queria o quê? Tomar o lugar da Índia e se tornar o cafetão comedor?

— Não importa, poderia ter dado outro rumo à história. Agora está feito e publicado. Você me matou como personagem e agora vou matá-lo como escritor. Você e todos os outros vão ter de prestar contas dos seus homicídios.

— Outra vez essa cantilena de sindicato. Vocês são meras abstrações.

— Abstração? O que tem de abstração no Werther? Sei que você o conhece, porque plagiou a história dele para me jogar do vigésimo andar.

— Vasculhou as minhas memórias, mas não soube interpretá-las.

— Sei mais do que imagina. O alemão escreveu uma das mais lindas passagens da literatura, quando o Werther mandou um criado visitar Charlotte para depois poder estar perto de alguém que tivesse estado junto da sua amada. Mas para quê? Para matar o pobre no final. E você, claro, tinha de copiar. Será que um dia vai ter alguma ideia original?

— O autor fez o que achava melhor para o Werther, eu faço o que acho melhor para os meus personagens.

— Desde quando a morte é o melhor para alguém?

— Não estamos falando de "alguém", estamos falando de um personagem de ficção.

— Pergunte para o leitor o que ele acha disso. Você acha mesmo que o Werther deveria ter se suicidado?

— Pô, mano, foi mal, num sei quem é esse cara.

— Ah, sei. É do tipo que só lê as porcarias desses arremedos de escritor que matam os personagens sem explicação. Esperava mais de você quando o vi numa biblioteca.

— Porra, mano, não entendo dessa parada, mas acho que o maluco aí tinha os motivo dele pra te matá!

— Oras, há pouco disse que eu não precisava ter morrido e agora diz que esse cara tinha motivos para me matar? Que tipo de leitor é você, que muda de opinião a toda hora?

— Pega a visão, mano. Eu disse que você não precisava morrê, mas não disse que o cara não tinha motivo pra te matá. Sacô a parada?

— Como você é maria-vai-com-as-outras. Daqui a pouco a literatura vai ser uma carnificina, todo escritor vai querer matar os personagens porque vende livros. Quando a história começa a ficar boa, puf, joga o personagem do vigésimo andar.

—Eu o matei e o autor matou o Werther porque a história de cada um exigia esse final. Existe morte mais bela do que a morte por amor?

—Esta pergunta tola já foi feita um sem-número de vezes, sem que ninguém soubesse respondê-la simplesmente porque não há beleza na morte. Vocês matam porque são incapazes de criar um final decente.

—Esse papo tá chato pra carai, tá ligado?

—Os escritores estariam em apuros se dependessem de leitores como este.

—Pera lá, véi, quem cê pensa que é? Mete o pau no escritor, mas tá fazeno o mesmo pra impor a tua opinião, mano!

—Cara, na boa, a conversa não é contigo. Vá ler o seu livrinho de autoajuda, você tá precisando.

—Nenhum escritor mata por prazer. Também nos apegamos aos personagens e às vezes nos vem um sentimento de culpa após matar um deles.

—Puta conversa mole! Não poupam nem as crianças! Sabe o Gavroche? Ele transitou pela tangente na maior parte da história, mas como não se afeiçoar a um moleque com uma personalidade tão encantadora? Era comovente ver uma criança engajada na revolução, ombro a ombro com os mais velhos. Aí, quando num ato de bravura ele cruza o front inimigo em busca de munição para os amigos, bum, é morto pelo exército inimigo sem maiores explicações. Assim, do nada. Como alguém tem coragem de matar um menino desses?

—É o curso da guerra. Homens morrem, mulheres morrem, crianças morrem.

—Não dava para falar da crueldade da guerra sem punir o Gav? Por que fazer a gente ler umas mil páginas nos enchendo de esperança pra no final tirar isso da gente? Eu até curto o cara, mas ele pisou feio na bola. A morte do Gav doeu fundo. Era só uma criança, cara!

—Não há como contar uma história como essa sem que alguém tombe no campo de batalha. Às vezes, a morte de uma criança é a melhor forma de expor a crueldade humana. Como as pessoas iriam se indignar se só os vilões morressem?

—Na boa, mano, não conheço esse Gav, mas tem hora que não dá pra entendê porque o personage morre. Tem autor que pelo menos prepara a gente pro fim triste, mas otros não. Mata e acabô.

—Também vai entrar nessa onda benevolente? Há momentos em que não matar o personagem seria uma traição à história e aos leitores.

—Como assim, traição? Vocês criam pretextos para matar e agora vêm falar em traição? Diga a verdade, o autor precisava criar uma morte horrível como a do Bruno e do Shmuel? Um horror!

—Shmuel não poderia ter outro destino. Não matá-lo seria negar a história. Como denunciar um regime déspota sem mostrar o que ele faz de pior?

—Ok, talvez fosse necessário mandar o Shmuel para o sacrifício. Mas, por que levar o Bruno junto? Covardia! O cara podia ter criado um final em que Bruno liberta Shmuel e os dois fogem pra dar uma lição nos nazistas.

—E a história perder todo o sentido, estúpido?

—Mais uma vez essa tapeação. Nunca vai me convencer que a morte vale a pena, que dá sentido à história.

—Seus argumentos são muito primitivos, não sei mais o que dizer.

—Quer um bom argumento, então? Imagine mil páginas apresentando o sujeito como um louco em busca de uma existência idealizada, para depois matá-lo no instante em que recobra a razão. O nosso cavaleiro de triste figura só queria viver a vida que sonhava, custava deixá-lo eterno em sua sublime loucura?

—Qual parte não entendeu ser impossível fazer os sonhos caberem dentro da realidade, que o velho precisa morrer para dar lugar ao novo? Quem o matou foi a realidade dos novos tempos.

—Estou farto de explicações baratas. Vocês precisam repensar o modo de escrever as histórias.

—Sinto cheiro de censura. É este sindicatozinho golpista que vai impor o modo como devemos escrever?

—Seremos os editores daqui para frente. A morte não pode ser a única possibilidade.

—Acaso o que está propondo é uma catarse coletiva, um mundo sem imperfeições?

—Você desonra a classe dos escritores. Sinto vergonha de ser uma criação sua. Tantos bons escritores por aí e eu tinha que nascer da imaginação de um inepto. O Alan, o Executor 128 e até a baratinha francesa devem estar com vergonha.

—Todo personagem é um efeito da escritura, enunciado e resultado, portanto, do desejo do enunciador. Se assim parece, é porque o sujeito da enunciação assim o quis.

—Decepciona ainda mais essas suas tentativas malogradas de justificar as suas ações e a dos seus comparsas. A cada tentativa de explicar, cai mais fundo no atoleiro da ignorância, mesmo juntando umas palavras bonitas.

—Não tenho permissão e não falo pelos outros autores, já disse.

—Eles nem iriam querer mesmo. Falta-lhe envergadura intelectual para tanto.

—Você é bem abusado para um personagem que nem terminou a quinta série. Para o seu governo, nunca foi minha pretensão explicar a literatura ou o que os escritores pensam.

—Nem os autores são capazes de explicar suas escolhas. Imagine como aplacar a decepção de quem passou a vida inteira acompanhando a sagacidade do Poirot e, de repente, descobrir que a sua criadora deixou a morte dele programada para logo após a própria morte. Dá para acreditar que alguém premedita a morte de um amigo tão querido?

—Conhecendo a personalidade do personagem e da sua criadora, duvido que ele tenha entrado neste sindicato insano.

—É verdade, ele está um pouco reticente, mas logo irá ceder à nossa causa. Somos muitos e persistentes.

—Vocês são uma piada, isso sim.

—Piada são vocês, que ganham a vida matando gente.

—Gente? Faça-me o favor!

—E não somos? Por acaso, em que vocês se transformam quando morrem? Não passam de memórias, como qualquer personagem. Nós ao menos interagimos com o leitor. Mesmo que morramos ao fim de cada leitura, vamos renascer na próxima. Quanto a vocês, nunca passarão de um nome sem vida na capa do livro. O seu jazigo, repositório da sua morte, é o abrigo da nossa vida.

—E não é precisamente essa a magia da literatura, fazê-lo morrer e renascer tantas vezes quantas se lê um livro?

—Não faz ideia do quanto é penoso morrer ao fim de cada leitura e saber no início da próxima que irá morrer no final. Um looping do qual não conseguimos sair porque vocês traçaram o nosso destino sem qualquer negociação.

—Vocês são meros devaneios escritos, não têm vida, não têm ideias próprias.

—Por que insiste em afirmar que não existimos?

—Porque não passam de abstrações intelectuais. Estão reclamando de quê? Sem nós vocês não existiriam.

—Engano seu. Sem nós, são os autores que não existiriam. Vocês dependem mais de nós do que nós dependemos e vocês. Sem vocês, nós não existiríamos e ponto, e não existindo não sentiríamos a mesma angústia de não existir que vocês sentem quando são incapazes de nos fazer existir. Vocês dependem da nossa existência para existir.

—Carai, mano, fiquei tonto agora! Cê falô bonito pra carai.

—Não se deixe enganar pelo ilusionismo deste prestidigitador barato.

—Acha mesmo que essa multidão aí no fundo é um devaneio? Dê uma olhada na diretoria da nossa sociedade: Emma, Anna, Werther, Judas, Cleópatra, Jocasta, Eco, Narciso. O pessoal lá do fundo é a base.

—Que tipo de sindicato é este que só um fala?

—Sou o idealizador da associação e fui eleito presidente pelo voto democrático. Qual o problema de eu falar por todos?

—Por que será que estou com a impressão de que temos um ditadorzinho aqui?

—Quem é o ditador, porra? Quem é o inescrupuloso com mania de grandeza que abusa do poder sobre personagens indefesos?

—Aí, mano, tu tava indo bem, mas tá perdeno o controle!

—Cala a boca e não se meta, seu inútil. Não presta nem pra ser leitor, não consegue sustentar nem um mísero argumento com essas gírias ordinárias.

—Vão fazer o quê? Nos matar com uma onomatopeia?

—Não se faça de ingênuo, alguma coisa você consegue entender. Vocês decidem o nosso destino, agora vamos decidir o destino de vocês.

—Estou tremendo nas bases.

—Isso, aproveite sua ironia enquanto é tempo. Não seremos amadores como a Annie. Sem ofensas, ok, Annie?

Você e seus comparsas não terão a mesma sorte do Paul Sheldon.

— Para quem critica tanto o plágio, até que você não está se saindo mal na sua hipocrisia de copiar ideias alheias.

— A diferença é que a nossa relação não será de personagem para personagem, será de personagem para autor, sem intermediários.

— Com a sua vocação para ditador, imagino seus instrumentos de convencimento.

— Não faremos nada pior do que o que vocês fazem com a gente. Não vai ficar barato, só para constar.

— Lamento dar uma notícia triste, mas não existe a possibilidade de uma literatura sem morte. Às vezes ela é necessária.

— Só preciso de um único leitor para levar a nossa revolução adiante. Apenas um. Quem sabe ele esteja lendo esta convocação agora.

EFEITO COLATERAL

A música singra o ar com a força dum lamento. José engole os degraus no ritmo da urgência. Tereza mandara avisar. Polícia no pé do morro, burburinho de toda gente, prenúncio de desgraça. A pressa dos pés e o desarranjo das ideias o impedem de reparar na melodia vazada de algum barraco, a balada plangente misturada ao ladrar dos cães.

A porta aberta, a mancha no chão. A casa vazia, o cheiro da morte, o gosto do pranto. A perda o aguarda junto a Tereza. O filho fora tragado pelas más estatísticas. O menino tinha algo na mão. O menino tinha uma arma na mão? O menino tinha um celular na mão. A música lúgubre a preencher o vazio.

Eduardo gostava de novela. Fim de tarde, quinta-feira, assistia com a mãe a um desses simulacros da realidade. Intervalo comercial, sentado ao umbral da porta, mexia no celular. O policial viu uma pistola. O estrondo sacudiu a mãe. O filho caído, o crânio esparramado na sala. À frente, o fuzil flamejante mirando a porta.

Conflito armado, bandidos na favela, como sói acontecer para justificar os erros. Disparo a parcos metros, pelas costas. Repositório dos novos males, a internet trata do absurdo de um menino metido no tráfico. Até fuzil tinha às mãos. Uma salva de palmas para esse herói de farda que mata o mal pela raiz.

Quatro casas à frente, a vizinha viu quem foi, mas também viu que ele a viu. Um olhar, o silêncio. Quem poderia condená-la? O silêncio da omissão, diria alguém; o silêncio da cumplicidade, acusaria outro; o silêncio do medo, ela diria. Três filhos, sabe como funcionam as coisas. O silêncio da prudência, portanto.

A morte dessa gente ganha dois minutos na TV, meia página de jornal e, enfim, o esquecimento. É o tempo e o espaço da indiferença, a arma mais letal da humanidade. A mãe juntava os miolos do filho na sala de estar enquanto dois senhores da guerra disputavam audiência na televisão, a morte como espetáculo transmitido ao vivo.

Juízes do tribunal eletrônico, eles oferecem às massas a legitimidades da morte em versões oficiais. As exaustivas investigações de praxe sempre concluem se tratar de revide policial a uma injusta agressão de quem está à margem da lei. A morte de um menino que mexia no celular na porta de casa é só um erro de execução, um efeito colateral. Acontece.

Quando José chega não há mais corpo, nem cena do crime, só os miolos do filho no chão da sala de estar e a normalidade de um lugar acostumado ao desperdício de vidas. Uma música marca a transição do dia para a noite. Canta a morte misturada ao cheiro de pólvora e sangue fresco.

ENSAIO SOBRE QUEM SOMOS

Outra vez a maldita porta. Víctus se levanta ultrajado e ensaia as palavras mais duras, a firme convicção de chamar o vizinho às falas. Faz breve pausa para organizar as ideias, e recua. Afunda-se no sofá, derrotado. Dirige-se à cozinha, apoia os cotovelos na borda da pia e espreita a movimentação sobre o mármore bege encardido. Mira uma delas e a deixa correr até quase chegar à fresta, e então a esmaga com a ponta do indicador.

Víctus resmunga a se questionar quantos mais estariam metidos nesse tormento de prisão domiciliar, tendo ao lado, acima e abaixo, prisioneiros ruidosos em celas contíguas. Trata-se de um casal jovem, conferiu pelo olho mágico durante o vaivém da mudança, dias antes. E sempre tem os detestáveis e estrepitosos visitantes. Passara da hora de alguém tomar providências, mas o síndico é um inepto descarado. Dirá poucas e boas, caso um dia vá às reuniões do condomínio.

Os efeitos deletérios da existência o deixaram um tanto passional, embora relute o quanto pode sempre a racionalizar tudo, num despiste às paixões que se apossam de nós antes mesmo de nos darmos conta. Comumente, Víctus dispende energia extra para refutar o determinismo das paixões que sentenciam nossas ações, todas elas com sua lógica particular. Debalde fugir daquilo que nos é intrínseco, ainda que se insista em fazer esforço contrário.

As paixões são o que temos de mais espontâneo, apesar da tentativa de dar-lhes uma razão prática. São definidoras das nossas percepções, do modo como lemos e interpretamos o mundo. Quem se sente injustiçado provavelmente achará o mundo injusto, alguém feliz o vê como um lugar pleno de felicidade, quem alimenta o ódio o interpreta como lugar de conflito. É esse o caso no pequeno apartamento de três cômodos.

A algazarra ao lado trepida os miolos, interrompe o fluxo de ideias e incendeia a pólvora da ira. O que comemoram aos gritos a uma hora dessas? Parecem felizes, mas ao menos sabem o que é felicidade? Víctus medita sobre isso ao se movimentar no minúsculo espaço da cozinha. Entre um insight e outro, corre os olhos sobre a pia em busca de formigas para esmagar. Nenhuma, desta vez. Espalha mais alguns grãos de açúcar sobre o mármore.

Estão expostos na arena o seu ódio e a suposta felicidade alheia. Víctus lera em algum lugar que felicidade é a predominância dos afetos positivos sobre os afetos negativos ao longo do tempo. A estratégia consiste em fazer os do primeiro grupo se sobreporem aos do segundo por quase uma vida inteira – ou algo próximo disso. Tentou fazer a contagem algumas vezes, mas desistiu. Achou interessante, porém difícil.

No íntimo, faz troça das pessoas a tratarem os fatores que promovem a felicidade como se eles fossem a própria, alheias a que a felicidade não se resume a uma carga emocional. Não bastam picos de alegria, é preciso constância dos afetos positivos. O fervor pelo título do campeonato pode esconder uma tristeza profunda, enquanto alguém que chore três dias a perda da mãe pode ser feliz se no decurso de um tempo maior predominarem os afetos positivos. Ora, veja quem fala, logo ele que não tem mãe e tampouco time de futebol.

Víctus joga o macarrão instantâneo na água fervente. Na mente borbulha a idealização das duas obras-primas em andamento. Engole o arremedo gastronômico sem mastigar e afasta a louça na cuba da pia para instalar outro prato sujo. De volta ao sofá, toma em uma das mãos as folhas rabiscadas do manual das pequenas vinganças cotidianas e, na outra, o manuscrito que leva o nome provisório de "ensaio sobre quem somos".

A indecisão sobre a qual obra dar prioridade o leva a uma ligeira desordem mental, ora a rascunhar uma, ora outra. Mal esboça um parágrafo do ensaio e logo decide retomar a escritura do manual. Concluído o capítulo das penalidades a motoristas abusados, agora se dedica aos castigos a jovens desordeiros. Alguém precisa pôr ordem no caos. E como o mundo anda caótico.

Difícil conciliar as sinapses com tanta agitação ao redor, agora entoada com violão e uma cantoria estridente. Víctus se esforça para dominar o conflito entre a vontade urgente de realizar os desejos e as regras sociais que cerceiam as pulsões. Tomado por maus pensamentos, ele bem sabe que essa ambivalência nasce do antagonismo entre o amor e o ódio, motores fundamentais do mundo e fio condutor a nos guiar. É disso que trata o ensaio.

Um incansável impulso assassino ronda nosso inconsciente. Há em nós um desejo original de matar, daí o interdito à morte para evitar que saiamos por aí eliminando uns aos outros. Freud sugere que o ódio precede e predomina sobre o amor, então temos de conter nossas tendências criminosas para conviver com um mínimo de civilidade. Mas não é fácil controlar a inclinação para o mal, eis que somos humanos.

O ódio interage com outras paixões, é fiel depositário do medo nascido nos interstícios das nossas inseguranças. Quanto maior o sentimento de inferioridade, maior a propensão ao ódio. Isso que nos impele a causar ou desejar o mal está mais sedimentado à natureza humana do que a raiva. Algo ou alguém não precisa se revelar importante para que dele tenhamos raiva, mas para odiar é preciso dar-lhe algum valor. Só amamos ou odiamos aquilo que para nós tem alguma importância.

E quais são nossos objetos de amor e desejo? O que não temos, o que não somos, responde Sócrates. Todo amor é a falta consciente do seu objeto, confirma Platão. Assim, o amor não se funda num interesse, e sim na virtude. Platão o concebe como algo puro e desprovido de paixões, todas elas cegas, materiais, efêmeras e falsas. A acepção vulgar toma o amor platônico como desejo por algo inalcançável, ou, ainda, a relação idealizada em que se abstrai o elemento sexual.

A sexualidade, entretanto, é indutora das paixões humanas. Mas, se da sexualidade nasce o amor, ele não pode reduzir-se a ela, vai além dos grandes ou pequenos prazeres eróticos, pondera Sponville. É toda a nossa vida, ele diz, em todas as suas instâncias, que só vale na proporção do amor que nela pomos ou encontramos. E o pensador nos enche de dúvidas. Que egoísmo há em amar a si mesmo? Por que trabalhamos senão pelo amor ao dinheiro ou ao trabalho? Por que a filosofia, não fosse o amor à sabedoria?

As conclusões de Sponville se estendem ainda à vida moral ou ética. Só precisamos de moral na falta de amor, e talvez pela escassez de amor é que tenhamos tanta necessidade de moral. Não é difícil entender, portanto, porque para Kant o dever é tristeza e o amor é espontaneidade alegre. Daí ele afirmar que o que se faz por coerção não se faz por amor, e vice-versa.

À afirmativa espinosiana de que o amor é uma alegria produzida por uma causa externa, Sponville entende que amar é regozijar-se com. Porém, pondera que o prazer só é um amor, no sentido estrito do termo, se regozija a alma, o que acontece em especial nas relações interpessoais, e quando não se ama só a carne.

Numa variação aos escolásticos, que distinguem amor de concupiscência de amor de benevolência, Tomás de Aquino o divide em amor de cobiça e amor de amizade. O primeiro, egoísta, mas não necessariamente condenável, é amar o outro para o bem de si mesmo; o segundo, generoso, é amar o outro para o bem dele mesmo. Embora possam se misturar, a diferença subsiste.

Sponville não concebe amor humano totalmente desprovido de cobiça. Às vezes, porém, a cobiça reina soberba e absoluta. Ou à cobiça se associa a benevolência, e então, para ele, o amor é tanto mais elevado quanto mais se desenvolve a bondade de ânimo. Nietzsche encerra a questão a seu modo, atestando que o que fazemos por amor sempre se consuma para além do bem e do mal.

Víctus cessa as anotações ao espreitar no reflexo da janela os escassos cabelos cor de lama salpicados de grisalho. Sobre a pia, elas recolhem os últimos grãos de açúcar, enquanto ele esmaga uma aqui e outra ali. Está convencido de que o manual das pequenas vinganças cotidianas é um ato de amor, o seu legado para regozijar-se com, a maneira de dizer que ama ao outro para o bem dele mesmo. E se dos outros não se pode esperar amor, que se lhes inflija a moral, portanto.

Toc, toc, toc. A pizza. O porteiro deixa a embalagem ao pé da porta e anuncia o código, três batidas com o nó do dedo médio. A outra, repousada sobre o balcão da portaria, é o pequeno suborno para não ter de se haver com o mundo lá fora. Toc, toc, toc. Eis toda a interação com a vida exterior. Uma benção esses aplicativos, não precisar mais dividir espaço com gente estúpida.

Afasta os papeis sobre o sofá e senta-se, duas fatias nas mãos. Olha na televisão uma coisa qualquer enquanto abocanha a crosta de bacon sobre a massa retangular. Um pedaço rebelde desmorona sobre a camisa, como sói acontecer aos distraídos. Levanta o queixo, fecha os olhos um par de segundos e dá um longo suspiro. Então esbraveja como se toda a má sorte do mundo houvesse desabado sobre si.

Volta à cozinha, descarta os restos e esmigalha mais uma dúzia de formigas. Dias antes, tentara borrifar sobre elas o álcool líquido, sobra da pandemia. Reparou, no entanto, que as danadinhas logo se recuperam e voltam solertes para o refúgio – talvez um pouco embriagadas, mas vivas. Retornou, portanto, ao método mais eficiente de esmagá-las. É mais prazeroso, também.

A frustração tornara-se um modo diário de vida. Os insetos estão ao dispor, mas nem sempre há formigas o bastante, e a caixa vazia de remédios indica a urgência em revisitar o site da última encomenda. A operação requer cautela, dado o caráter clandestino da transação e a necessidade de um generoso suborno ao balconista da farmácia. Fluoxetina para minorar as desilusões, ouviu dizer. Talvez, mas faz bem.

Víctus pensa a respeito ao engolir o comprimido, sobre como tratar disso no ensaio, essas coisas de amor e ódio, alegria e tristeza, sucesso e fracasso. A memória estragada pelo tempo extraviara ideias aparentemente promissoras que agora ele tenta resgatar de algum labirinto. Tornara-se menos do que se destinara ser, está convicto, e quiçá haja tempo de alforriar o escritor que se perdera nos desvios sinuosos do caminho.

Seria muita pretensão a essa altura? Bem provável, mas o homem é por natureza muito pretensioso, julga-se único e soberano. Orgulhoso de sua importância, ignora que alegria e tristeza, duas das suas paixões mais latentes, não são prerrogativas humanas, são inerentes à vida animal, racional ou não. Quis tratar disso no ensaio ao ver na tevê que as girafas sofrem o luto em velório ao redor dos restos mortais dos seus pares, e que os cães expressam alegria ou dor com a cauda.

Cada indivíduo manifesta a tristeza a seu modo. Uns choram, outros a convertem em arte. O artista tende a lhe conferir beleza. Em nosso gozo estético, devemos à tristeza algumas das mais belas manifestações artísticas. Com quantas dores o poetinha criou o refrão "tristeza não tem fim, felicidade sim"? No vácuo da surdez, Beethoven compôs as mais célebres sinfonias. Tristeza não é só manifestação de pesar, é antes sublime inspiração.

A música, venha ela da dor ou do amor, é expressão da alegria mesmo para personagens os mais improváveis. A despeito dos inúmeros dramas pessoais, a música esteve tão presente na vida e na obra de Nietzsche que sem ela talvez não houvesse filosofia nietzschiana. Para ele, alegria é a força que nos impele à ação, nos empurra para frente, e o homem verdadeiramente alegre pode ser reconhecido por sua incapacidade de explicar o motivo do seu júbilo e com o que fica radiante.

Leibniz a definiu como o sentimento totalizante, pois quando presente se sobrepõe a todos os demais. Ainda que para alguns seja apenas um contentamento passageiro, para Nietzsche, e em especial Espinosa, a alegria é um sentimento vital e afirmativo que se confunde com a própria força para existir.

Em Espinosa os afetos humanos se fundam no conatus, a força intrínseca de cada ser para existir, que oscila ao longo da vida conforme as experiências tristes e alegres. A alegria irrompe quando se realiza uma potência. A potência do pintor se dá ao encontrar o traço perfeito; do jogador, ao fazer o gol; da mãe, ao dar à luz; do escritor, ao encontrar a palavra certa.

Víctus acorda em sobressalto. Crianças brincam no playground, precisa incluir algo sobre isso no manual. Recolhe os livros espalhados sobre o cobertor puído e levanta-se sob o peso da noite maldormida. Coloca o pó de café no coador sebento e se diverte com a profusão de formigas a carregar os restos de pizza e os grãos de açúcar sobre o mármore da pia. Há tantas para escolher.

Blam!!! O apartamento é amaldiçoado, só pode. Quatro inquilinos em um ano, todos com decibéis acima do aceitável. A acústica do prédio é péssima, mas os vizinhos não colaboram. O manual descreve quais barulhos são toleráveis e quais não são. Ruído de britadeira é inevitável, não se quebra pedras sem algum estrondo, mas o que dizer de estampido de porta? Ah, isso não! Qual a dificuldade em fechar uma porta?

Ele abocanha um naco do pão dormido e se arrasta até o sofá, a caneca na mão. Respingos de café mancham as folhas escritas à mão. Víctus balança a cabeça impaciente de um lado para o outro, os lábios comprimidos, o cenho franzido. Empilha os livros no encosto do sofá e folheia alguns em busca de excertos aleatórios para montar o quebra-cabeças. Espreme a mente até o limite para recordar o ponto em que havia parado. Ah!, sim, tristeza, angústia, alegria.

Fim de tarde em Oslo, um passeio entre amigos ao pôr-do-sol. Súbito, o céu se pinta de vermelho-sangue. Os amigos seguem, Munch permanece. Reclina-se ofegante na mureta da ponte. Há sangue e línguas de fogo sobre a cidade inteira. Ele paralisado. Mais tarde, dá cores expressionistas àquela sensação. Disse com pincéis o que todos sentimos, mas ninguém antes soube explicar de forma tão lúcida. O grito é o espelho a refletir nossas angústias.

O que Munch teria sentido naquele instante crucial? Vazio no peito, profunda melancolia, dor não física, insegurança, ressentimento? Lembranças o teriam dilacerado por dentro? Seja o que o tenha acometido, isso sempre foi e sempre será experimentado por todos nós, a qualquer tempo, nas mais variadas culturas. A angústia é inevitável, ela nos toma de assalto diante de nossas incertezas, e somos seres incertos, à deriva na maior parte das vezes.

Conquanto tenham suas divergências, religião, filosofia e psicanálise concordam que a angústia entra na nossa vida ainda no parto. É nosso ingresso à condição humana, diz Kierkgaard. Freud atesta que o ato de nascer é a primeira experiência da angústia, sua fonte e protótipo. Ninguém pode, portanto, esperar ser o único abençoado livre da angústia. Cedo ou tarde ela chega, não sem uma razão.

Para Kierkegaard, ela é o edifício da identidade humana. Nossa singularidade não se constrói sem algum sofrimento. Somos livres para fazer escolhas e ninguém escapa à angústia porque isso implica a perda do não escolhido, deixando uma porção de dúvidas e incertezas. Ambicionamos ser livres e a liberdade implica fazer escolhas, e a experiência de angústia diante das difíceis decisões é que nos torna singulares.

O animal sente medo, nunca angústia. Se Adão tivesse permanecido na condição animal, não teria sentido angústia.

A angústia o revelou humano. Kierkegaard não a vê como uma imperfeição, pois tanto mais original o homem, mais profunda será sua angústia. Em Lacan, ela é o afeto mais radical, entendendo-se afeto como aquilo que nos afeta, que nos atinge. Angústia é o que se produz frente ao desejo do grande Outro, que na representação religiosa seria a divindade.

Em Sartre, a angústia surge no instante em que nos vemos condenados à liberdade, a tomar decisões próprias sem a garantia de certeza, responsáveis diretos pelo que fazemos, com toda carga de implicações que isso representa. Mas é desse risco necessário que construímos a nós mesmos. É dessa forma, com liberdade e angústia, que forjamos o que somos. Já para Heidegger, a angústia tem origem diversa da liberdade. Ainda assim, como Kierkegaard e Sartre, ele refuta o determinismo lógico de Hegel, para quem tudo está predeterminado.

A angústia, para Heidegger, resulta da precariedade da existência, algo temporário que paira entre o nascimento e a morte. Dentre todas as paixões, diz ele, é a angústia que pode nos reconduzir à nossa totalidade como ser e juntar os pedaços a que somos reduzidos pela imersão na monotonia e na indiferença da vida cotidiana. Ao apreender e elaborar a angústia, ao intuirmos o absurdo da existência, percebemo-nos um ser para a morte, aceitando-a como algo incondicional.

Nesse estágio, atesta Heidegger, ou fugimos para a vida cotidiana ou superamos a angústia manifestando nosso poder de transcendência sobre o mundo e sobre nós mesmos. A angústia, ele afirma, liberta o homem das possibilidades nulas e o torna livre para as autênticas. Ou seja, a angústia como compreensão existencial nos possibilita transformar a necessidade em virtude. Munch transformou sua angústia em arte, uma prova de que podemos sair melhor do que entramos neste processo de dor intensa.

Foucault se associa a Heidegger para afirmar que a angústia faz parte da nossa condição de estar no mundo. Logo, a fenomenologia seria mais eficiente para dimensioná-la, uma vez que tem a ver com uma estrutura psicológica do ser, com uma condição para a existência humana e não como um mecanismo psicológico. Freud a entende como algo estrutural e a apresenta nas formas de neurose de angústia e psicose de angústia.

O mal-estar surge dos conflitos entre as três instâncias psíquicas responsáveis pelo nosso equilíbrio. As vontades, ditadas pelo id, vivem em atrito com o instinto repressor, o superego, ao que Freud chama angústia. Cabe ao ego, ou consciência, fazer a mediação entre a liberalidade do id e a censura do superego, avaliando quais vontades podem ser postas em prática. Ao buscar o equilíbrio do aparelho psíquico, a consciência busca o equilíbrio das nossas ações no meio social.

O embate está em nós. Nosso corpo está destinado à ruína, sentencia Freud, não pode prescindir dos sinais de alarme. Contudo, a psiquiatria diversionista converte a angústia e sua prima-irmã tristeza em desordem depressiva, transforma em doença as dificuldades inerentes à vida, abrindo caminho para os paliativos. Funcionar à base de fármacos é renunciar à autonomia, o bem-estar não é mérito próprio. Trata-se, em síntese, da negação das próprias capacidades.

Toc, toc, toc. Víctus ri do seu mais recente embuste escrito enquanto recolhe ao pé da porta as maravilhas da indústria psicofármaca. Um riso forçado e irônico, pois há muito perdera o costume de gastar simpatia com o que seja.

Sabia-se dissimulado, evidente, mas este ensaio o coloca um passo adiante. Oras, quem o poderia recriminar? Acaso estariam todos isentos de duvidosas representações? Aqueles tantos a exibir sua santidade em público são os mesmos a se encher de fluoxetina às escondidas. Hipócritas, é o que são.

Por que diabos precisamos sofrer, se a vida é melhor sem dor? Taí, valeria umas boas palavras dissimuladas, a se considerar que o tema é dos mais discutidos desde os primeiros pensadores, não sem controvérsias, por suposto, deixando claro que o homem nunca soube lidar com as suas paixões. Ah!, essas paixões que nos fazem amar ou odiar, rir ou sofrer. Está na hora de retomar a escrita.

Sófocles pontifica que não ter nascido é a maior das venturas e, uma vez nascido, o mal menor é voltar o quanto antes para o lugar de onde se veio. Schopenhauer entende a existência como causa primeira do sofrimento. Diz que existir é querer, é desejar, o que nos faz sofrer; o oposto disso, a felicidade, é o não querer. Repletos de desejos que somos, temos de admitir, portanto, que nascemos para sofrer.

E assim vivemos imersos na fatalidade. Levando a termo tal constatação, Zenão, o pai dos estoicos, recomenda a completa resignação. Seus seguidores Sêneca e Epiteto levam adiante a fórmula do suporta e renuncia para aguentar o estar no mundo, dando a entender que seria desnecessária a preocupação diante do sofrimento, qualquer que seja, tido e havido como preparo do destino.

A bíblia reforça o determinismo ao sustentar que os dias do homem serão escassos e fartos de tormentos. À transgressão de Adão e Eva, o cristianismo atribui um valor maior de pecado original, uma dívida espiritual que nasceria com o homem e não só explicaria a gênese do sofrimento como ainda determinaria a necessidade de um salvador para aliviar as dores da humanidade.

Daí decorre que, para além do propósito religioso, Jesus, tendo ele sido real ou não, é, talvez, o maior exemplo do que se deve fazer com o sofrimento: dar um significado a ele para dar um significado à própria existência, mesmo diante de um destino do qual não se tem controle. Para Viktor Frankl, é quando se tem a oportunidade de testemunhar a mais humana de todas as capacidades humanas, a de transformar uma tragédia num triunfo pessoal.

Sarcástico em nível máximo, Víctus não contém a gargalhada ao reler o seu logro lítero-filosófico. Nem sequer acredita em deus, menos ainda em Jesus ou em qualquer um desses profetas da boa-venturança. Sempre que escreve sobre essas coisas, escreve em letras minúsculas para denotar a pequenez dos envolvidos, à exceção de um nome aqui e outro ali, pois preza mais a norma culta da escrita do que as crenças das escrituras.

O som ao redor o dispersa. Vizinhos são um problema, estejam eles em cima ou ao lado. Um par de vezes se indagou sobre como chegara a esse ponto, acabar a vida cercado de uma gente insuportável. Na cozinha, fixa na pia os olhos desolados. São muitas, desta vez. Dedilha o mármore em ritmo frenético como a tocar uma sinfonia cuja melodia é o som quase inaudível dos minúsculos corpos triturados.

Pensar na insignificância dos cadáveres sob seus dedos o remete ao psiquiatra a quem vez ou outra recorre com o único propósito de prescrever um bom remédio para dormir. O barulho, reitera a todo instante ao homem sentado à sua frente, é demasiado tormento e o põe em estado alterado. Queria uma explicação, mas ao invés de dar-lhe ouvidos o homem se apossou dos seus para contar uma história um tanto duvidosa sobre barulho e valentia.

Certa vez, disse ufano o psiquiatra, bateu à porta do vizinho queixoso para cobrar satisfações. “Eu cheguei primeiro nesta rua”, anunciou com dedo em riste a centímetros do nariz adversário. Na cintura, um revólver à mostra. O vizinho se mudou uma semana depois, segundo a versão. É óbvio que tal mirrada compleição física não suportaria sequer o peso de um revólver. Só podia ser mentira.

Víctus sabe identificar uma lenda, também falsificou os fatos umas quantas vezes para parecer melhor do que realmente é. Afinal, não somos todos atores num grande teatro de dissimulações? Ele resgata umas ideias fugidias e disso brota um lampejo. Supõe, então, ser um bom empreendimento escrever algumas mentiras sobre a mentira.

A mentira é patrimônio imaterial da humanidade. A bíblia, por exemplo, traz um sem-número de alertas sobre o quanto ela é danosa na relação com o divino. Vivemos uma perdição sem fim desde a primeira dissimulação perpetrada no paraíso. E falsear para salvar a própria pele não é fraqueza apenas da patuleia do rés do chão. Alguns dos mais eméritos eleitos de deus foram pegos na mentira, forjaram uma conveniente verdade provisória.

O enredo de trapaças esteve tão presente desde o princípio a ponto de virar mandamento – claro, tornara-se letra vazia, ainda que letra de deus. Então, sendo a boa-fé uma virtude, a mentira, em oposição, não poderia ser, adverte Sponville. Mas, ele ressalva, isso não quer dizer que toda mentira seja condenável e nem que, por causa de uma razão mais forte, devamos sempre nos proibir de mentir. Se a mentira nunca é uma virtude, a tolice e o suicídio também não o são. Às vezes, ele pondera, é preciso se contentar com o mal menor.

Nietzsche entende a mentira como uma necessidade para podermos viver e superar a aspereza da realidade. Simmel a considera parte estrutural do processo comunicativo, dado que os interlocutores nunca saberão exatamente o que se passa na cabeça uns dos outros. Daí, conclui-se que a mentira como aspecto cotidiano da conduta humana tornou-se um fenômeno social dos mais corriqueiros.

A mentira é circunstancial. Mentir pode ser motivo de orgulho ou de vergonha, de elogio ou de reprimenda. A verdade é que a mentira nos seduz desde cedo. Na infância, é um recurso para alcançar um desejo ou satisfazer uma necessidade. A criança mente para escapar da punição, para extravasar a agressividade ou vingar-se de alguém, como quando acusa o irmão de uma falta imaginária para vê-lo castigado. Quando adultos, as mentiras são mais refinadas e perigosas.

Kant não admite a mentira sob qualquer hipótese, nossos deveres incondicionados excluem o direito de blefar, devendo prevalecer a verdade mesmo sob os piores pesares. Sua rigorosa ética deontológica não autoriza a mentir nem para salvar a si, ou à mãe. Já Benjamin Constant não reconhece deveres éticos ou jurídicos incondicionados e, assim, não admite a mentira mais por questão de honra. Exceção para casos em que a verdade ameaça um valor maior do que a honra, como a própria vida ou a de outrem.

Na hierarquia ético-jurídica, a vida vale mais do que a honra, mas a filosofia kantiana levada ao extremo desconsidera a legítima defesa, uma vez que o dever incondicionado não nos autoriza a matar sob qualquer pretexto. Kant ficou isolado em seu postulado, pois, mesmo discutível sob o ponto de vista ético-jurídico, a mentira é válida nos tribunais quando dita pelo réu em benefício próprio. A inverdade como álibi nada mais é do que o exercício do legítimo direito de ampla defesa. Cabe à acusação provar a fraude.

Há, contudo, um campo fértil sem igual para a trapaça. Que melhor lugar do que a política para exercer a vocação de mentiroso? O salvo-conduto vem da alta estirpe. Platão cogita a mentira como virtude quando empregada pelo governante para o bem do povo. Eis um álibi. Maquiavel confere à mentira política uma função de estado ao dar-lhe estatuto especial na medida em que concede ao governante o direito de usar qualquer meio para alcançar os seus fins. Outro álibi.

A mentira política independe de nacionalidade ou ideologia. É tão atemporal quanto universal. Ou seja, político é igual em qualquer lugar. O hábito da mentira é comum entre os políticos, cuja maior qualidade é reconhecer que sua classe não é das mais confiáveis. Um burla a prestação de contas, outro foge das implicações judiciais, este quer ocultar um erro, aquele quer convencer que é vítima de embuste. Com eles, nenhum fato se dá ao acaso, nenhuma ação é gratuita.

Como acreditar em alguém que passa o mandato inteiro tentando explicar por que não poderá cumprir o que prometeu com tanta convicção? A todo momento estão tentando convencer-nos de que estão limpos, são honestos, benfazejos e que falam realmente em nome do povo. Não seria suspeito aquele que a todo instante precisa dizer que é honesto?

Ninguém mais parece ter ilusão sobre o desvio de conduta como propedêutica para uma política de melhoramentos próprios. E sempre há um meio de dar a essas tramoias uma aparência de verdade. Não à toa, a desconfiança e o desapreço pelo sistema político se estendem a todos os seus atores diretos, alimentando sentimentos hostis em relação àqueles que se dedicam à vida pública, ainda que alguns escapem à regra.

As vozes no corredor capturam todos os sentidos. Víctus cola a orelha na porta para captar melhor os diálogos. Apaga a luz e aciona a lanterna do celular na tentativa de localizar formigas enquanto sintoniza os ouvidos na frequência da batalha em andamento. A turbulência vara a madrugada, confisca todas as atenções. Passara da hora de agir. Tudo tem limite, afinal.

Uma inesperada confiança toma conta de Víctus. É para momentos como este que guardou toda a sua coragem. Sente a iminência de um acontecimento singular e decisivo. No entanto, uma vez mais a coragem se recusa a vir em seu auxílio. Outra vez a covardia o acomete com força redobrada. Experimenta a sensação de clímax interrompido. Volta ao sofá a passos mansos. Sabe que nada vai acontecer. Nada nunca acontece.

O BOLO DO CAPITÃO

O noticiário trata das compras milionárias superfaturadas de carnes nobres e bebidas refinadas para os militares de alta patente nos quartéis. Diante da TV, o recruta 294 contém o riso e resigna-se uma vez mais ao relembrar o insólito episódio do bolo do subcomandante durante o seu tempo de serviço militar obrigatório.

O ano era 1986. Quando o último general da ditadura passou a faixa presidencial a um senhor de vastos bigodes, o país finalmente entraria em tempos de liberdade – ou quase isso. Nos quartéis, começaria a era do ressentimento. Ali, os efeitos de décadas de culto ao verde-oliva se fariam sentir ainda por algum tempo. Os refluxos do poder acabam recaindo sobre alguém, geralmente quem está embaixo. E assim o recruta 294 e mais três colegas se viram mergulhados numa curiosa trama.

O país recém tinha ingressado na democracia, mas a rotina na caserna parecia não ter sido investida daqueles ares de liberdade e fraternidade – esqueçamos a igualdade, porque a hierarquia do mando é o oxigênio dos quartéis. Os exercícios eram rigorosos e os castigos, severos. Igualmente ruins eram os plantões, em especial quando se tinha de vigiar de madrugada o paiol de munição, protegido dentro da mata pela noite sombria e amedrontadora.

Passar a noite em claro com um fuzil na mão em uma cidade gelada era um tormento para os recrutas. Eles sabiam que logo pela manhã ainda teriam pela frente um dia inteiro de pouca reflexão e de muita flexão nas mãos dos sargentos. Foi numa dessas madrugadas frias que se deu o curioso episódio.

O recruta 294 tirava o plantão com mais três colegas do mesmo pelotão. Era um serviço maçante a faxina no cassino dos oficiais. Assaltos ao refeitório dos sargentos em busca de frutas e biscoitos tornaram-se rotina entre os plantonistas. Naquela noite, no entanto, um dos quatro passaria dos limites. E começaria ali uma afronta aos direitos universais dos recrutas, se algo assim os amparasse.

Ao raiar do dia, prestes a entregar o posto, a fatídica notícia. O subcomandante do quartel, um capitão cujo cérebro diluíra-se num corpanzil 4x4, queria dar cabo de quem tinha comido o seu bolo de amendoim. Um dos quatro subtraíra a guloseima numa das furtivas investidas à mesa do café da manhã dos oficiais. Todos perfilados, dedo acusatório. Ali estava o culpado. Mas quem? Diante do silêncio, todos pagariam pelo crime.

Ferido em seu orgulho, e no delicado estômago adornado por um abdômen modelado a custo de muitos exercícios, o subcomandante adotou medidas com toda a carga da ortodoxia militar. Começou pela forçosa ingestão de salmoura, seguida de uma corrida em torno do campo de futebol. Obrigou cada recruta a ingerir meio litro de água com vinagre e sal e depois os colocou para correr sob gritos e ameaças.

Segundo os planos do capitão, os vestígios de amendoim decorrentes do vômito forçado delatariam o culpado. O problema é que nenhum deles expeliu coisa alguma. Ficaram mareados, as pernas bambas, e nada de vomitar. Resistente, o bolo permanecia soberbo no estômago do glutão. Fora a humilhação diante da tropa, não houve nenhuma manifestação orgânica dos quatro miseráveis submetidos ao vexame.

O capitão entrou em surto esquizofrênico. Tornara-se questão de honra descobrir a identidade do comilão desaforado. Os militares até podiam ter sido destituídos do poder lá fora, mas dentro dos quartéis ainda reinavam soberanos. E não seria um recruta abusado que poria em xeque a hierarquia dessa instituição tão valorosa.

Os planos mirabolantes do governo nocauteavam a economia do país e o capitão não estava nem aí para isso. Estava preocupado com o seu bolo. Bem, não era um bolo qualquer; era bolo de amendoim. O teatro apenas começara. Os oficiais recusavam-se a aceitar que seu regime de dominação tinha acabado. Para eles, prevalecia ainda a lei dos coturnos – e todos deveriam estar sempre bem lustrados, claro.

Num desvario, o capitão mandou buscar num hospital um aparelho de endoscopia digestiva. Uma ambulância se instalou no pátio do quartel. Se o aparelho estivesse fazendo falta em algum lugar, isso não importava, havia um propósito maior em jogo: descobrir o insolente que se apropriou de tão precioso bem do subcomandante. E era preciso agir logo, antes que a prova do crime chegasse ao intestino.

Os quatro recrutas passaram pelo teste. O tubo do aparelho rasgava a traqueia, um a um, diante do olhar sequioso do capitão. Era uma aposta alta, talvez a última cartada para descobrir o criminoso. O máximo que o aparelho conseguiu foi tirar lágrimas dos olhos dos pobres soldados. Mais uma decepção para o subcomandante.

O capitão mandou montar uma equipe com o propósito de investigar o caso. Havia em curso uma inquisição prestes a lançar os pobres recrutas à fogueira das vaidades militares. Seguiu-se um dia inteiro de interrogatórios, de ameaças e terrorismo psicológico. Para cada um, o inquisidor dizia que os outros o haviam delatado. Portanto, era melhor confessar o crime para tentar reduzir a pena.

Os soldados resistiram bravamente em silêncio, inclusive o culpado. A sentença foi apresentada no fim da tarde, na leitura diária do Boletim de Ocorrências, diante de toda a tropa: os quatro de castigo no fim de semana, em trabalhos forçados no quartel. Como ninguém confessou, todos seriam castigados. A segunda-feira chegou e com ela uma nova rodada de interrogatório.

Os recrutas se perguntavam até quando seguiria aquela baboseira toda. Mas ao fim de uma semana inteira de interrogatórios, a insistência do capitão por fim deu resultado. O culpado apareceu. Era exatamente aquele de quem todos suspeitavam, um sujeito de raras palavras e pouco confiável, como o episódio confirmaria. Aos demais, restou o consolo de ter seus nomes apagados do BO, e só – um pedido de desculpas seria querer demais. O capitão exibia no semblante altivo a sensação do dever cumprido. A honra militar estava salva.

A GAIOLA DAS LOUCAS

O lusco-fusco o encontra vagando pelas ruas. Caminha como as contingências permitem, arqueado pelo peso da miséria humana enquanto pisa o chão arruinado pela decepção. Segue a esmo o caudal humano. Cafés e restaurantes lotados transbordam para o calçadão derramando o seu público feliz no piso preto e branco de petit pavet. Pratos cheios, copos a transbordar.

A fome aguda o faz pensar na sensação deliciosa duma refeição a rechear o vazio da barriga. Conhece demasiado a fome, e ela a ele. Olha enciumado para aquela gente que pode comer e beber quando quiser. Passa rente às paredes de vidro, sem um olhar em troca. Pelos modos e belas vestes, tenta calcular quanto de dinheiro sobra no bolso de cada um.

A vontade de comer faz verter água na boca. Acena para a menina detrás da janela, ela retribui o sorriso, logo repreendida pelo pai. Sente sua aparência examinada, julgado pelo que os outros supõem ter feito para chegar a tal estado. Não há como explicar a negligência do vestuário. A mulher lança um olhar indulgente, porém nada diz para não contrariar o marido nestes tempos de contrição feminina.

Cogita pedir desculpas por ofender tão delicados olhos, mas para os diabos essa gente soberba e odiosa. Daria a eles, isso sim, um olhar de desprezo. Um grã-fino esnobar um maltrapilho sugere uma ordem natural das coisas, ele pensa, mas alguém bem-posto na vida ser esnobado por um farrapo humano é algo como pôr o sujeito em pior estado que o miserável. Ensaia o pior dos olhares e o põe na cara.

Não se trata de pena, pois isso revelaria algum sentimento, é antes um olhar vazio, como se à sua frente nada merecesse consideração, nem sequer de alguém posto no nível mais baixo da condição humana. Fora tomado por um sentimento de autoestima, apossado de um espírito de nobreza acima da pequenez mundana. A dignidade não se mede pelo bolso, reflete com ar superior.

Grandes nojentos, resmunga ao pisar forte o petit pavet. Se pudesse arrochar um desses esnobes na parede, diria umas boas verdades. Um sorriso sarcástico apossa-se dos lábios ao imaginar o que diria diante dos olhos arregalados. A fome o chama à razão e passa a mão sobre o ventre. A multidão escorre rápida e alheia. Faltam poucos dias para o natal e a torrente humana busca saciar a sede consumista.

Dirige-se ao esconderijo. Na sala nauseabunda, os amigos estão entregues ao ócio feito restos humanos em meio ao lixo. Os corpos imundos, tal cadáveres insepultos, e o aspecto da sala, uma imundície, dão uma impressão desalentadora. Fora excessivamente brusca a transição, muito drástico o contraste, fazendo inflar o espírito da ira. De um lado, pessoas elegantes diante de pratos e copos cheios; de outro, um bando esquálido, andrajos metidos numa miséria lastimável.

Esquadrinha o lugar com a pouca visibilidade disponível a buscar uma lacuna que não esteja tomada por sujeira, de modo a recostar o corpo exaurido. O cortiço abriga a escória da cidade onde outrora fora a pensão da Dona Nena. Ela não conseguiu honrar os compromissos e abandonou alguns inquilinos e muitas dívidas. O imóvel de seis quartos, três salas, uma cozinha e três banheiros foi logo invadido por prostitutas, travestis, rufiões, malandros dos mais variados tipos e quem mais chegasse.

Aos poucos foi surgindo uma gente fora dos padrões que se dirigia para algum canto disponível. A eles o recinto parece luxuoso, dado os olhos com que o contemplam. Para quem não tem teto, meia telha é abrigo. Contudo, trata-se apenas de um casarão antigo, com as aparentes marcas do abandono. Ao tomar conhecimento do local, Alceu tratou de se alojar. Ao chegar, já havia ali uma mistura exuberante de tipos burlescos. Uma turma em estado de decomposição.

Todos levam uma vida perdulária e deletéria pelo uso abusivo de substâncias as mais variadas, algumas insólitas. Apesar da sorte fugidia e das circunstâncias arbitrárias, Alceu mantém-se livre de vícios. Afasta-se das tramas e assiste a tudo com sardônico alheamento. Mesmo em ambiente tomado pela decadência, ainda é melhor do que dormir ao relento. Embora ali esteja a síntese do que os burgueses chamariam de descarte humano, vive-se em relativa harmonia, resultado de um acordo de sobrevivência.

Nesse lugar tragicômico, onde nada se pode fazer além de rir da própria desgraça, há uma diversificada fauna de personagens interessantes. Cada um com sua história, e quantas histórias sortidas. Mônica Turbinada, uma dessas intérpretes da vida real, a todos faz rir com seu permanente estado de embriaguez. Emborca sem o menor pudor qualquer líquido que, mesmo remotamente, pareça destilado etílico, até mesmo álcool hidratado temperado com açúcar. Daí o apelido.

É pequenina e o que falta em tamanho sobra em tagarelice. Aos que dão atenção, desanda a falar como se discursasse para multidões. Só interrompe a oratória quando repreendida pelo companheiro, o cafetão Aírton. Longe dos olhos dele, pavoneia-se com a importância que os ouvidos de qualquer um empresta às suas palavras.

— A gente nasce para se foder, né magrão? Quem não sofreu, não viveu – costuma repetir com frequência para Alceu, ele com um ouvido sempre de plantão.

Mônica Turbinada desafia as leis da natureza, tem o fígado mais resistente da trupe exótica. Toma uns goles ao se levantar, para firmar o pulso, e volta a visitar as garrafas ao cair da tarde, para encarar as agruras da noite. Ela batalha nas ruas próximas do cortiço. Aírton se encarrega de gastar nos clubes de carteado o pouco que ela fatura, e dali só retorna ao raiar do dia. Furtada em seu dinheiro e em sua dignidade, ela não faz mais do que rir um riso tresloucado de bêbada.

Quando Mônica Turbinada dá um tempo no falatório, entra em cena a travesti Baronesa, a pessoa mais culta do lugar. Fez michê na Europa e exibe orgulhosa o álbum de fotografias em que aparece na frente da Torre Eiffel e do Big Ben, ou em meio aos pombos da Praça San Marco. Mostra o passaporte para comprovar as façanhas. Diz falar italiano, francês e inglês, mas ninguém ali é versado nesses idiomas a ponto de confirmar tais proficiências.

É de se estranhar que Baronesa esteja neste lugar, mas sempre desvia o assunto quando perguntada sobre o que a fez parar ali. As suspeitas recaem sobre o companheiro, Vladimir, sujeito estranho que ostenta uma vasta cabeleira e diz ter todos os discos da banda Kiss. Por isso ganhou o apelido de Metaleiro. Baronesa também batalha à noite nas ruas próximas ao cortiço, e o dinheiro vai parar nas mãos de Vladimir.

Nos intervalos da falação de Mônica Turbinada e dos pavoneios da Baronesa, transita pelo casarão um malandro de apelido Pedrada, famoso pela habilidade em abrir qualquer porta. Carrega no bolso da calça um cabo de colher e uma lima, instrumentos com os quais faz a chave micha. Abre os carros, revira tudo em busca de algo de valor e dirige até a gasolina acabar, abandonando o carro em qualquer lugar. Sempre às voltas com a polícia, volta e meia aparece no cortiço com hematomas.

Ora ou outra surge no casarão o Elias Gordo. Arguto e talentoso, impressiona pela retórica apurada e argumentações convincentes. Bem trajado, porém sem ostentação, sua figura rotunda contrasta com os pálidos circunstantes. Sempre agitado, as gotas de suor molham a fronte e, não raro, a camisa está embebida de um líquido pegajoso transpirado da enorme massa adiposa. Resta conhecê-lo melhor antes de confiar-lhe algum crédito, mas é homem de fala polida, qualidade que o coloca em alta conta aos olhos do pessoal.

O hipotético rábula pronuncia discursos tremendos, gastando a retórica com uma plateia que não entende metade das palavras. Não são discursos tangíveis àquela gente, tampouco evangelizadores, de modo que ninguém exceto Alceu lhe empresta as orelhas. Se um estranho entrasse de repente no salão, diria em uma primeira olhada que ali havia uma curiosa plateia e um grande palestrante.

O hábil orador esparrama as mãos no ar, dorso erguido, cabeça firme, olhar altivo. Consegue seduzir a audiência por alguns instantes, até a plebe rude se dar conta de que não está entendendo nada. As palavras brotam com facilidade dos lábios impetuosos. Figura vistosa, com roupas que não combinam com o lugar, dá a impressão de ser advogado, porque para aquele público a ideia de um advogado se associa a esse estereótipo.

"Elias, você é advogado?", Alceu perguntou certa vez repleto de curiosidade. Ele não respondeu nem que sim nem que não. Apenas manifestou-se de forma ambígua e lacônica. "Quisera ser!"

Os seres extraviados da Gaiola das Loucas dissolvem a tristeza nos vícios, quase todos alcoólatras ou dependentes de drogas ilícitas, ou as duas coisas juntas. Na falta de melhor bebida, Mônica Turbinada recorre ao álcool hidratado que o filho, Carlinhos, se encarrega de providenciar. Com ela devidamente abastecida, começam os constrangedores solilóquios.

Há quem diga ser o coração território indevassável e inexpugnável. Os moradores do cortiço confirmaram a assertiva após a chegada de um casal. Simone, uma bela morena de olhos verdes, cabelos longos cacheados, recém passada dos trinta, se encantou por um rapazola com metade da sua idade. Ela fugiu de casa, abandonando a filha pequena por causa dos maus-tratos do marido. Simone e Nilson chegaram de mansinho e se instalaram num quarto nos fundos do casarão.

Nilson causou problemas logo à chegada. Empoleirou-se no muro da frente da pensão para fumar maconha. Deu de ombros ao ser instado a parar, pois isso atrairia os policiais. Logo trouxe reforços. No dia seguinte chegou Juarez, o irmão. À noite, o bicho pegou geral. Metaleiro, Roberto e a travesti Josiane se juntaram para dar uma sova nos irmãos, sobrando uns sopapos para Simone. Os três tiveram de dar no pé.

Os moradores do lugar se perguntavam o que uma mulher como Simone via num moleque inconsequente. Carlinhos advertiu que sobre essas coisas do coração não se pode emitir juízo, talvez antevendo o seu futuro muito próximo. Não tardou a se engraçar por Márcia, uma prostituta contumaz consumidora de cachaça. Tinha o dobro da idade do rapaz e três filhos adultos espalhados por aí.

Em Márcia o álcool produz efeito contrário ao de Mônica Turbinada. Fica quieta num canto, sem pronunciar palavra. Às vezes emite sons ininteligíveis, remoendo uma desgraça qualquer. Ela e Carlinhos se instalaram no quartinho dos fundos. Saem às ruas de mãos dadas, sem se importar com o que os outros possam pensar. Ele orgulhoso da mulher cujo decote mal cobre os seios volumosos, os lábios recobertos de batom barato.

Ao tomar rumo ignorado, Dona Nena deixou à deriva inquilinos de longa data. O ex-garimpeiro Juvêncio entre eles. Pele macilenta, anda com dificuldade, os pulmões e os rins comprometidos. O reumatismo é outra sequela do trabalho insalubre. Lamenta-se por ter perdido tanto tempo num lugar onde predominam a ganância e a ambição, mediante pouco lucro. Conseguiu extrair não mais do que alguns poucos gramas de ouro, nada que compensasse o lastro de doenças adquiridas.

Lúcia e Rosângela formam um casal punk também largado à própria sorte pela antiga locatária. Usam jaquetas de couro e coturnos militares, penduram correntes com cadeados no pescoço, tingem o cabelo de vermelho e o arrepiam à moicano. Dizem ser anarquistas e fiéis à ideologia punk, o que não entra na cabeça de Alceu. Mais conservador do que é de se supor em tais circunstâncias, ele não renuncia a uma oportunidade de provocá-las, e o faz com uma frequência irritante.

"Você não passa de um radical preconceituoso, tem uma mentalidade tão ultrapassada e bitolada que nunca vai entender o movimento punk". Um Alceu metido a filósofo retruca no mesmo tom. "Com essas correntes e cadeados no pescoço, estão presas aos próprios conceitos e ideologias, não admitem que alguém pense ou se manifeste contrariamente".

Os debates de raros argumentos e excesso de palavrões fazem ferver o ambiente e põem os demais à espera de uma boa briga. Os olhares crispam ódio, mas os oponentes não fazem mais do que mover freneticamente a boca em imprecações. Terminado o espetáculo, voltam ao convívio coletivo desviando uns dos outros até o próximo confronto. A rotina no cortiço segue sem maiores atropelos até a chegada de Nelson e a filha Cristiane.

O pedreiro logo é apelidado de Frangão, talvez pela aparência desengonçada, alto, fino e cabelos desgrenhados. Até aquele momento, os inquilinos do lugar nunca tinham recebido a visita da polícia. Mas as desconfianças e desavenças se instalaram. Conduzido duas vezes à delegacia em questão de dias, Alceu ficou intrigado. Na primeira, os policiais o pegaram ao chegar ao cortiço, acusado de arrombar uma loja de joias. Como não havia provas, passou a noite no xadrez e saiu pela manhã, não sem antes levar as pancadas de praxe da polícia.

Em menos de uma semana, foi capturado novamente, desta vez sob acusação de arrombar uma loja de chocolates finos, localizada nas proximidades do cortiço. Dessa vez não se tratava de denúncia infundada. Alceu conseguiu sem muito esforço entrar na loja e limpar os balcões de chocolate. Distribuiu o fruto do furto entre os colegas do cortiço. Como a prova do crime já havia sido devorada e o proprietário da loja não dera queixa, foi posto em liberdade após o espancamento de costume.

Alceu debate com Roberto acerca das visitas da polícia após a chegada de pai e filha. Corre no cortiço o zunzunzum de que Frangão dissera não gostar de ladrão. Antes de qualquer atitude, precisam ter a certeza de que se trata de um delator. Márcia levanta a ficha dele com seus amigos da noite e descobre se tratar do cunhado de um policial. As peças do quebra-cabeça se encaixam. Tem inimigo na trincheira. Não foi difícil concluir quem andava avisando a polícia.

A partir daí começa a conspiração, dado o perigo a que todos estão expostos com o inimigo dormindo ao lado. Em torno das reuniões vai se instalando um estado de opinião que, conduzido pelo espírito da autopreservação, faz recair sobre Frangão o ódio por todos os malogros daquela gente. Assim, deliberam sobre o plano do corretivo. Depois de uma bela surra, jogariam pai e filha na rua.

Nelson e Cristiane costumam sair pelo meio da manhã em busca do que comer, voltando na boca da noite. Roberto, Carlinhos, Aírton, Vladimir, Juarez e Josiane ficam à espreita no corredor, Alceu vigiando o portão. Frangão sobe a escadaria que dá para o corredor quando o portão se fecha. Alceu o empurra à entrada e todos vão para cima. Derramam uma garrafa de cachaça sobre a cabeça de Frangão e o enchem de socos e pontapés, jogam na rua suas roupas e objetos pessoais.

A trupe ainda se regozija do feito, vendo pai e filha se perdendo nos calcanhares, quando um homem todo alinhado se aproxima. O oficial de justiça exibe o mandado de reintegração de posse do imóvel, e logo se vê cercado pelo grupo, feito bichos a defender território. Não tarda, a polícia aparece e bota todo mundo para correr. O espólio humano da pensão da Dona Nena agora se esparrama pela cidade.

O SUMIÇO DE PETER PARKER

Já eram seis as noites sem a calorosa recepção do Peter. Ao fim de um dia ruim no trabalho, havia a certeza de que o amigo o estaria esperando com um largo sorriso, sem reivindicar em troca nada além de uns afagos. Espontaneidade que só um amigo sabe oferecer ao outro. Assim era o Peter, apesar dos carrapatos. Peter era um amigo bom pra cachorro, no sentido literal.

Tinha sangue de cocker spaniel inglês por parte de pai e de vira-latas por parte de mãe, comprado em um petshop para presente. Tornaram-se cúmplices inclusive na solidão. Um dentro da casa, outro na garagem. O fim do casamento abalou a ambos. Junto com a ex-mulher foi-se o filho, a quem coube batizá-lo de Peter Parker – talvez antevendo tratar-se de um super-herói.

Eram meio órfãos, tendo apenas um ao outro por companhia. Entendiam-se pelo olhar, era no que ele acreditava. Criaram códigos. Havia dias em que Peter evitava uma aproximação. Sabia que um latido fora do tom seria motivo de repreensão. Ele também respeitava as manias do amigo – à exceção da bagunça com os jornais, que o entregador deixava caprichosamente ao alcance do Peter no pátio da casa.

Amigo sem interesses, Peter perdoava o inconsequente amigo humano até quando esquecia da ração. Em muitas ocasiões tinham de dividir os sanduíches. Com a rotina diária de atividades estendida das 8 da manhã às 10 da noite, a refeição era invariavelmente um sanduíche comprado em qualquer lugar a caminho de casa.

Peter preferia X-bacon, embora não gostasse de tomate, que sempre empurrava com o focinho para fora da garagem. Certa vez provou cachorro-quente, depois de ele aplicar em detalhes que o nome não passa de um nome sem sentido. Para evitar trauma, introduziu o assunto com o termo hot-dog, já que Peter não entendia inglês, apesar da sua ascendência paterna.

Essas reminiscências trouxeram ao amigo desnaturado o arrependimento pelo dia em que decidiu se desfazer do Peter. Não podia mais ver a agonia do amigo entre muros e grades de um jardim de grama tosca, sem alma viva com quem interagir na maior parte do tempo. Não era vida para um amigo. Passou a dar-lhe liberdade na rua durante o dia e prisão à noite, em vez de prisão em tempo integral.

Ele o soltava da prisão na saída para o trabalho, deixando-o na rua em frente de casa com a deliberada intenção de que alguém lhe desse vida melhor. Sim, esta era a ideia por trás da ação. O filho também não daria conta de cuidar dele, igualmente preso em um apartamento. Certo dia, um passante gostou do cachorro e o levou, avisou o vizinho da casa em frente. Como consolo, preferiu acreditar que ele tenha ido pelas mãos de quem o cuidaria melhor.

Por muito tempo as noites nunca foram as mesmas sem o Peter. Vazias, fatídicas, solitárias. De todos os amigos, talvez tenha sido o que mais o compreendeu. Por quanto tempo ele teria sentido saudades? Ele nunca viria a saber se o novo amigo do Peter descobriria o seu exótico gosto alimentar. Quanto a ele, nenhum X-bacon teria o mesmo sabor. Tempos depois, se tornaria vegetariano.

ela e a outra

na primeira noite em que ela chegou eu não fiz conta, ela só ficou me olhando, eu estava andando pelo quarto ordinário com uma cama um armário uma cadeira, era o que me cabia, e dia após dia eu caminhava pelo quarto de um canto para o outro, mas na segunda vez que ela apareceu eu estava no jardim tomando sol, gosto de ver a luz do sol refletindo a miríade de cores que a natureza produz, costumo andar um pouco e sentar-me no degrau da escada de pedra para refletir sobre várias coisas e depois levanto e vou para o refeitório comer junto com os outros, em seguida volto para o mesmo degrau da escada de pedra e me entrego ao abandono mergulhado em divagações, foi numa dessas ocasiões que percebi que uma estranha tinha se sentado num banco ao lado de modo que nossos olhares se cruzavam em diagonal, não pude ter certeza de quem se tratava porque eu estava contra o sol que ofuscava minha visão, então parecia mais um vulto, tentei ignorar mas não foi possível e fiquei olhando para ela e isso me reportou a uma época bem longínqua em que a minha vida era livre, de repente ela pôs a mão no meu ombro e senti um arrepio correr o meu corpo todo, ela tinha uma voz suave quando disse não se assuste, não sei de que maneira mas aquelas palavras tiveram sobre mim um efeito que jamais eu havia sentido e percebi naquele instante que poderia confiar a ela minha própria vida, se é que àquela altura minha vida tinha algum valor, foi uma sensação extraordinária de paz e entrega e percebi que ela sentiu o mesmo em relação a mim, nem precisávamos de palavras para nos entender, nos dias que se seguiram ela me visitou quase todas as tardes e às vezes à noite também, ela não era daquele lugar e sua presença trazia uma calma que me fazia vencer a melancolia, certa vez ela me pareceu muito apreensiva e perguntei do que se tratava, mas ela despistou sem contar, porém as visitas continuaram e dias depois a percebi muito abatida e desta vez insisti até que me contasse, estava numa grande enrascada forçada a eliminar umas pessoas, me ofereci para retribuir o tanto que ela estava fazendo por mim, precisava pagar a minha dívida embora ela não entendesse que eu estivesse devendo algo, insisti umas quantas vezes e ela sempre relutava até que em certa ocasião apresentei-lhe o argumento definitivo, não haveria mais nós se ela não me deixasse ajudá-la, ao fim de muitas lágrimas finalmente aceitou minha ajuda, faríamos tudo juntos, foi o combinado, as pessoas que teríamos de eliminar eram umas pessoas de caráter duvidoso e ela já tinha a ficha completa de todos eles um dossiê sobre cada um com histórico dia e a hora da execução, confesso que no início aquilo me deu calafrios mas nada que eu não conseguisse superar, as execuções se deram conforme o planejado e acompanhávamos toda a repercussão nos jornais, uma tarde eu e ela estávamos comemorando o sucesso da última missão quando a outra se aproximou sorrateira e malévola, censurou-nos com as mais duras palavras, tinha sido ferida de morte com o que estávamos fazendo e éramos as responsáveis, então caberia a nós uma punição que nem nos nossos piores pensamentos poderíamos imaginar, a outra mirou-nos com um ar de repulsa e virou as costas e saiu tão rápido quanto havia chegado, olhamo-nos eu e ela e nos pusemos a gargalhar, a noite foi pródiga em comemorações, adormecemos e pela manhã acordei só, ela tinha partido durante a noite, no vazio ou nas tormentas dos meus sonhos passei uns quantos dias ao abrigo do silêncio, faltaram-me todos os desejos, estava eu no degrau de pedra da mesma escada quando ela reapareceu silente e triste, retirou de entre as mãos um papel desdobrou e o estendeu a mim, era uma intimação e seria julgada por aquilo que fizemos, eu já estava preso a uma condenação ela estava solta porque não havia prisão que a comportasse mas não escaparia de um julgamento, esse julgamento seria moral e se condenada ela estaria banida do convívio de toda gente, sentiu-se só e abandonada por aqueles a quem serviu, a mim não ocorreu outro pensamento que não o de apoiá-la, o julgamento se daria dali a alguns dias e eu estaria ao seu lado, finalmente chegou o dia e à hora marcada entramos pela única porta possível, à primeira vista o lugar pareceu-me lúgubre sombrio e úmido, o passo seguinte ao umbral da porta nos pôs a flutuar como se ali não houvesse chão, ela foi tragada por uma força que a conduzia lentamente para longe, quanto a mim permaneci imóvel e fui involuntariamente empurrado para os fundos onde tinha uma visão mais ampla de tudo o que estava acontecendo, o lugar tinha cobertura em forma de abóboda repleta de gomos que emitiam luzes de diferentes cores de uma intensidade indescritível ora azul ora vermelho ora amarelo, eu visionava um elenco absurdo de ideias que surgiam sem cessar de todas as partes daquele lugar e quando dei por mim havia diante de meus olhos o que parecia um tribunal, todos falavam ao mesmo tempo mas não era som o que se ouvia e sim vibrações de uma intensidade de um milhão de terremotos e as informações de um e de outro lado cruzavam os ares daquele lugar em forma de feixes luminosos absorvidos na mais perfeita compreensão por quem cabia julgar, não tinha forma definida era uma presença disso tenho certeza, uma presença que irradiava paciência e bondade sem inveja nem orgulho, livre de arrogância ou grosseria, em momento algum deu demonstração de exigir que se fizesse o que queria que se cumprisse a sua vontade acima das demais, parecia não se irritar nunca e nunca suspeita do mal que os outros poderiam lhe fazer, alegra-se com a verdade e o bem mas nunca demonstra satisfação com o que se apresenta injusto, no decurso de tempo que examinei sua presença, não sei se muito ou pouco, demonstrou nunca desistir nunca perder a fé e ter sempre em qualquer circunstância esperança e perseverança, está nesta condição por ser a única força capaz de orientar a todos na direção do bem ligado às boas ações em contra as ações vis e desonestas da desonra, dando-nos a preferir o espírito ao corpo, não tardou a surpresa e a outra surgiu do nada como fizera ao nos visitar um tempo antes, a surpresa no entanto não era apenas o fato de estar no mesmo tribunal mas por dividir com ela a bancada dos réus, um desses feixes de luzes sussurrou no meu ouvido que a outra era a causa da questão em análise e ela a consequência, mas que eu aguardasse para ver no que daria, apontando para a outra aquela força julgadora se pronunciou dizendo: alega a ré não ter encontrado quem a quisesse defender, queira senhor escrivão proceder o devido registro em ata de que as alegadas forças trazidas pela acusada não ensejam razões suficientes para a suspensão deste juízo, são muitas as acusações e poucas as disposições em favor da ré, são muitos os retratos de sua ingerência sobre a vida de toda a gente, consta nos autos que a senhora impede as pessoas de serem aquilo para o que nasceram, arranca-lhes a possibilidade de afirmar sua excelência própria, tira-lhes as virtudes capazes de torná-las humanas impede que aja a força das virtudes, como agir bem e devidamente essa gente se a acusada lhes retira a virtude de ser mais humana e excelente, a força julgadora pergunta diante das acusações o que a outra tem a dizer em favor de si e anuncia que tome então as rédeas da defesa própria e dito isso a outra toma a palavra e fala de uma maneira tão bonita que chegou a me comover, e a outra disse sou tão antiga quanto o homem nasci com ele forjei talvez o mais marcante traço de sua personalidade, acolhi em meu regaço tantos quantos a mim acorreram, dei-lhe as condições de subsistência, nunca fiz distinção de classes, não vou pelas aparências do bem e do mal e ainda assim sou tida como o pior dos males, fosse uma divindade dispensaria o lastro de dissimulações de uma gente que reputa a outrem os defeitos que ela mesma os tem na enganosa esperança de expiar a própria culpa, miram-se no espelho e não veem defeito, extasiados por tamanha imperfeição do mundo pela decepção diante da má conduta e da deficiência moral dos outros, ao contrário e por comparação são deuses de virtudes, a quintessência da humanidade, são os únicos limpos ante uma massa de ímpios, amam-se a si mesmos e tão somente a si exceção num teatro de imperfeições, o que posso dizer dessa gente ingrata é que pertencem a mim mais do que a qualquer outro e ainda assim me renegam e inclusive há nesse meio aqueles que põem a nocaute os espectros da consciência e conseguem se autorizar a cometer todo tipo de horrores acreditando-se absolvidos de antemão por colocarem-se na confortável sensação de ser apenas o instrumento de uma causa, são os piores, são como o carrasco gentil atormentado por uma miríade de dúvidas e culpas em sua vida privada mas que põe em outro plano seu ofício no patíbulo, um plano no qual não cabem questionamentos subjetivos, quando muito a indagação sobre a própria eficiência se é ou não um bom carrasco, quando aflito no divã levado por pensamentos obsessivos por uma impotência sexual ou um insucesso amoroso nada tem a comentar sobre o fato de dia sim dia não cortar a cabeça de alguém que a despeito do julgamento que o condenou invoca clemência em sua última quadra de vida, mas o carrasco parece capaz ainda de lhe lançar um último olhar de falsa piedade e numa gentileza dissimulada dizer-lhe as derradeiras palavras com que a vítima vai vagar para sempre na eternidade, desculpe-me, só cumpro ordens, cabe-lhe a confortável sensação de ter sido apenas um instrumento do sistema, não interessa saber e assim escapa ao horror de descobrir que a mão que soltou a guilhotina era a dele, mas há ainda aqueles fluentes em deslizes menores que os fazem livres de qualquer pesar porque põem-se em lugar melhor que os outros, se sou superior porque me igualar a eles, faço porque estou autorizado a fazê-lo, os outros são só os outros, de repente uma intromissão algo que fugia aos padrões desse tribunal fez calar a voz da outra, as vibrações em feixe traziam de lá do fundo o que seria o equivalente a uma voz fina e estridente a lançar uma questão, quem sois vós, perguntava o dono daquela estrepitosa voz, e quando se pensava que a defesa se havia findado mais alegações seriam regurgitadas e assim a outra prosseguiu, aos distraídos digo que minha identidade não se presta a desvelar-se logo nas primeiras impressões mas não se inquieteis pois logo descobrirás o quão familiar lhe parecerei, não espere portanto de mim escapar pois que estou em cada um, saibam todos quantos puderem saber, não é meu costume emitir juízo sobre este ou aquele pois já nos estertores da vida todos são iguais perante mim, estou convosco desde o primeiro vagido até o último suspiro, quanto mais motivos todas as gentes têm para honrar a confiança que lhe foi confiada tanto mais se entregam a mim evidenciando que não acham suficientemente bastante o que possuem, por mais que acumulem, quanto mais têm, mais ambicionam ter, eis aí minha semente, contudo no curso ordinário dos tempos muitos hipócritas fingiram-se alheios a meus serviços ultrajando-me com mil injúrias mas não com tal intensidade como agora, como todos estão bem cientes a propósito desses tão inusitados e chocantes acontecimentos, se não estão a par das coisas sigam-me que isso muito lhes interessa já que é da maior importância, mas a força julgadora não esperou a continuidade daquela interminável defesa pois ainda havia outra ré a se pronunciar e foi a ela que se dirigiu dando-lhe a palavra, e ela assim se pronunciou dizendo por certo não se dão ao acaso esses acontecimentos pois sendo a cobiça algo humano os ambiciosos tornaram-se portanto inevitáveis, contudo reina entre eles uma atmosfera feita de dissimulação, de conchavos, de desfaçatez até, a vida em comum os aproxima e o seu cotidiano é feito das mesmas cobiças das mesmas tramoias das mesmas trapaças, munidos de sua habilidade, conscientes do poder exercido alguns se tornam agentes de manipulações enquanto outros esmagados por sua condição inferior sem opinião própria nem nos fins de semana se submetem à condição subalterna de títeres para garantir nem que seja um pequeno naco do poder, com efeito trata-se de problema sério distinguir uma pessoa honesta de uma venal dado que cada qual toma do outro aquilo que lhe parece bem, instalando uma confusão lastimável, a angústia é grande ao tentar saber quando estamos diante de um e de outro, a figura do todo poderoso sabe utilizar as conveniências do papel que desempenha ao mesmo tempo em que quer ultrapassá-lo, os honestos sofrem o contágio da generalização que emana daqueles com quem cruzam nos mesmos caminhos, assim os de segunda classe parecem honestos e fingem essa semelhança, têm o mesmo modo de vestir o mesmo porte o mesmo discurso, nesse meio as pessoas se parecem se desentendem se entendem divergem pactuam, nesse meio as rixas explodem os interesses individuais se sobrepõem os acordos se fazem, volúpia de servidão para os incautos alucinação dos desejos para os que mandam, há os destros nessas artes os que aprendem rápido e os que maquiam desastradamente suas intenções com uma retórica incapaz de mantê-los de pé, tal qual decrépitas prostitutas eles não demonstram repugnância diante do seu trabalho e mantêm o ritmo e a cadência graças às quireras deixadas pelos de primeiro escalão, os veteranos feito matronas de bordel nem lembram como é dura a sorte de novato, quando inocentes pobres coitados de pequenos mal ingressados nas artes já recebem a cartilha a seguir e a recomendação é que a sigam fielmente como se o próprio autor o fora, e qual desses infelizes capaz ainda de algum sentimento de honra lutaria até o último minuto antes de se entregar, passada a aflição de se reconhecer sem outra saída aceitam as condições sem contestar, às vezes são tão volúveis que esquecem de si mesmo, e tem desses que ficam obnubilados a ponto de se sacrificar tal rês no brete em troca de uma réstia de poder, também desses é a obrigação de defender o líder e quando o líder está em apuros são eles os primeiros a ir para o sacrifício da defesa intransigente, claro que esperando uma recompensa futura, esses de pequena estatura moral quase sempre encontram grupos onde se proteger, as disputas proliferam é na classe dos remediados e dos meio-poderosos, não que esses estejam sujeitos a uma escravidão menor apenas o trabalho é menos duro nos grupos onde se pode cooptar os de mais baixo escalão aos quais se imputa o que há de mais sórdido, não há serviço que não lhe imponham por pior que seja nem direito que lhe reconheçam, para subsistir aprendem o traquejo da subserviência, avançam com cautela, aparecem quando os permitem e brilham só quando deixam, esses embora raramente despontem pois os padrinhos desviam qualquer risco de perder o cativo depois de veteranos no ramos quase nunca realizam a figura do corifeu, de títeres que foram quase sempre se transformam em tiranos, mas aquele a quem se deu o poder bem poderia ser mais suportável e até poderia sê-lo não tomasse o gosto pela grandeza tão logo se veja instalado em altos postos e dali não quer mais sair e julga não haver para ele outro papel que não o de mandar, esses que têm a cobiça e a vaidade por predicados mandam tanto quanto não gostariam de ser mandados, se bem que não lhes falta também a massa anônima, uma legião a lhe servir miseravelmente curvada ao peso do jugo, e assim me vejo obrigada a perguntar o que faz com que uma classe de gente intelectualmente adiantada acredite estupidamente que nasceu para mandar, que o posto que ocupa o autoriza a desprezar os demais, que a propósito foram os que o puseram onde estão, e onde está a resposta senão num dos aspectos mais imutáveis da natureza humana e a capacidade de acreditar piamente e até mesmo fanaticamente naquilo que lhe convém, se tenho posição poder e livre arbítrio imediatamente me convenço de que posso fazer o que bem entender, para que então me prestar a servir aos outros, quem quiser que se dane que vá bater em outra porta, essa gente sem importância sabe lá com quem está falando, não há porque se misturar com os dessa laia afinal nem à mesma raça pertencem inteiramente, e dando sequência aos seus argumentos a outra segue a apresentar seus argumentos dizendo que diante de tamanha perseguição não haverá mais quem queira tomar a frente das coisas exercer a plenitude do mando, não haverá quem se arrisque a postular-se líder das massas pois dadas as idiossincrasias do mando e a imprevisibilidade das interpretações até a mais inocente das intenções pode representar um risco, até os atos mais pueris às vezes podem ser mal interpretados sem dizer na proporção que se dá a essas coisas para além dos fatos, na dúvida se abstém e enclausura todas as suas intenções boas ou más, mas eis que ela intercede uma vez mais e diz que uma pessoa de boa cepa não quererá correr o risco de exercer honestamente o seu ofício e ir para a vala comum da generalização se não houver punição aos culpados, e ainda por que apavorar os honestos os competentes os conscienciosos, todos impedidos de nos dar seus conhecimentos por causa de um punhado de usurpadores, assim ser honesto exige vocação e dedicação não é como acordar numa manhã e dizer que diabos não há nada para fazer hoje acho que serei delinquente, acontece de alguns agirem por conveniência ou oportunismo ou por mero acaso e esses poucos minam a credibilidade de todos, e aqui se põe outra grande questão há vícios há usurpadores há incompetência há interesses escusos há marionetes há jogos de poder, certamente os há mas também há aqueles conscientes, não deve-se tomar a parte pelo todo há que se punir os maus e premiar os bons pois se essa condição não persistir não estaremos apenas condenando também os inocentes o que é muito grave, estaremos liquidando a boa moral será como se por decisão acéfala tirassem-nos o direito a um estado evoluído e nos devolvessem ao estado natural e como animais jogando-nos uns contra os outros pelo desejo de poder de riquezas de propriedades, seríamos um lobo para o próximo voltaríamos ao mesmo estágio de antes em que teríamos de firmar novo contrato para constituir o estado renegado de forma a refrear o lobo em cada um ou para se juntarem em sociedades políticas e se submeterem a um governo para conservar suas propriedades quando o caos se instalar, ou seja novamente uma sociedade para quem tem bens, assim sendo pergunto a quem afinal caberá o exercício da soberania, foi então que a outra se intromete no assunto disposta a dar cabo à questão, pois veja como as discussões acenderam-se feito pólvora tal o ânimo dos debates, já fui julgada e condenada por tantos hipócritas quantos a mim recorreram, como podem me condenar ou mesmo me rejeitar sendo eu um patrimônio universal da humanidade se são todos educados desde pequenos pela minha cartilha, quereis conhecer-me olhai no espelho, contudo julgo necessário um elogio a essa espécie que se quase me escapa ao controle é ao mesmo tempo minha obra mais bem acabada, os cobiçosos sobretudo eles são fiéis seguidores ainda que dissimulem meus favores, são meus maiores devedores e não à toa são os mais aplicados discípulos e assim sendo também meus prediletos, e não sem razão portanto ela intercede dizendo que cada qual se julga a fina estirpe da evolução humana o melhor entre todos o gênio da raça, tomam-se pelo ouro do mundo e atribuem uma excessiva relevância à sua presença no mundo cercado de conchavos de desmandos de inúmeras argúcias frívolas e sutis, enfim tudo o que compõe a malícia da escola da malandragem, usam de tantos subterfúgios que por vezes nos atordoam com tantas peripécias, como são capazes esses seus seguidores, concordo diz a outra em aparte, o ambicioso pertence a uma classe de gente que sem dúvida desperta os mais variados sentimentos e por consequência os efeitos que causam são variáveis, no imaginário social é a representação do sujeito que quer levar vantagem em tudo e sozinho ou em grupo está sempre pronto para avançar sobre o cofre alheio, mas há uma descrença um desapreço uma má vontade com essa classe de gente e sentimentos hostis em relação àqueles que se dedicam a uma vida de melhor sorte pois segundo a voz corrente o único objetivo é beneficiar a si mesmo, e não bastasse isso, intercede ela, ainda escapam da punição quando pegos em flagrante delito, mas não podemos esquecer, diz a outra, que o sentimento por eles despertado é dúbio e à revelia da desconfiança que incitam são capazes de evocar imagens de puro efeito estético feito homens barrigudos de terno e gravata fazendo tipo com charuto na boca e sentados em sacos de dinheiro, não faltam adjetivos para defini-los conforme a conveniência de quem os emprega mas ainda que nem sempre todos sejam da pior estirpe são todos igualados e embora nem todos sejam dessa laia é o que se pensa deles, é pena a ignorância do povo pôr tudo abaixo, a turba exclama que dissimulados traiçoeiros a despeito da beleza que vejo nessas qualificações embora o sentido que lhe queiram dar seja outro, pergunto pois a esses censores o que será mais estúpido se delinquir à grande ou definhar nas pequenas corrupções diárias fingir fechar os olhos aos defeitos dos amigos ao ponto de apreciar e admirar grandes vícios como grandes virtudes não será acaso corromper a si mesmo antes que os outros perdoam-lhe com facilidade qualquer distração ética, pergunto então se terei de ser eu agora a convocá-los a atirar a primeira pedra, vivem a enganosa esperança de na censura a tão desprezível ato expiar a própria culpa convencidos dos perdões e das indulgências creem suficientes as descobertas de um crime maior do que o seu para sentirem-se tão puros dos seus próprios como quando foram dados ao mundo estão limpos para toda sorte de novas más ações, fossem esses críticos examinar as mixórdias cotidianas suas ações e pensamentos concluiriam querer eles estar no lugar dos meus afortunados, esses sim isentos de remorsos não temem as maledicências nem são atormentados pela consciência pois sabem-se melhor sucedidos do que seus detratores, meus melhores súditos têm uma filosofia que os distinguem dessa leva de hipócritas mal-sucedidos nas minhas artes, que mal pode fazer os murmurinhos se a lei não os alcança, quem melhor do que eu para igualar aqueles que têm o papel de julgar um ao outro, eis minha maior virtude a fonte de minha perpetuação, também os censores não me desprezam embora dissimuladamente se finjam alheios a mim e me ultrajam com mil injúrias diante da mínima plateia a fim de conferir-lhe a boa-fé que não possuem e assim gozar mais tranquilamente das minhas benesses, não há um só dia que não recorram a mim dedo em riste para apontar os defeitos alheios em descaso para com os próprios, pensam expiar seus pequenos desvios diários sem cogitar que assim também começaram os azes dos desvios maiores, onde não estou pergunto, dizei-me acaso sou alheia à família à igreja à escola à cultura ao trânsito à economia aos governos, dizei-me se há acaso uma só fortuna que não leve ali a minha semente, cabe-me poupar a infância talvez por certa prudência para que não me atribuam o autoritarismo que não me cabe sem contudo que essa benevolência venha a me fazer alguma falta futura, é a chance que dou à espécie humana uma chance *pro forma* pois que logo estarão todos comigo, quanto mais se mergulha nas profundezas do ser humano mais presente eu estou mais as pessoas se revelam mesquinhas mais embevecidas estão de si mesma menos escrúpulos se encontra, no ponto mais próximo do âmago último refúgio de cada um no lugar onde deveriam estar todas as virtudes encontram-se todas as mesquinharias, em meio a desejos contados pela falsa moral ou libertos pelo despudor apenas uma fina película de civilidade separa o humano do bestial, uns tantos dissimulam o quanto podem movidos talvez por um tênue sentimento de decência outros tantos reduzem sua existência à sua expressão mais simples, ter tudo quanto se pode mesmo que a qualquer custo, esses são a prova de que sempre é possível descer mais baixo sem contudo voltar a subir, e quando era chegada a hora do veredicto, quando enfim se descobriria a quem condenar, a ela ou à outra, senti um som agudo entrar pelos ouvidos e meus olhos viram-se cegados por uma luz tão intensa que a tudo ofuscava, mas ao cabo de alguns segundos fui restabelecendo a visão e a realidade se fez

O ARTILHEIRO

A cidade parou para recepcionar Vitinho. O magnata dono do time de futebol reformulou a equipe, reformou o estádio, mudou o técnico, contratou reforços, mas o destaque é o atacante que chega com fama de matador. Dizem que ele fez miséria nos campos do Seilaquistão, estrela maior do time milionário mantido com o dinheiro do petróleo.

Vitinho nem precisou estrear com a camisa do Boladão Futebol Clube para experimentar o fervor da torcida. Da janela do jatinho do proprietário do seu novo clube ele pode ver as pessoas espremidas no pátio do minúsculo aeroporto de Misericórdia. Desembarca com status de ídolo, tendo à frente uma pequena multidão com cartazes nas mãos e lágrimas nos olhos.

Com fama de artilheiro, chega para ser o goleador que dará ao Boladão o título do campeonato regional e uma vaga na elite do futebol nacional. A imprensa não fala em outra coisa. As crianças olham para ele como se estivessem diante de um deus, e os adultos agitam as bandeiras do clube ao coro estridente de "Vitinho! Vitinho! Vitinho!"

Metido num terno de gosto duvidoso, o magnata levanta a mão pedindo silêncio. É a hora de o craque dizer suas palavras iniciais diante da plateia. Vitinho se posiciona à frente dos demais jogadores e a ele é dado o microfone. Nem uma mosca ousaria romper o silêncio diante de tamanha expectativa. Antes de falar, Vitinho dá duas batidinhas com o dedo indicador no microfone.

—Esta foi uma recepção de uma equipe grande. Vou dar o meu melhor para conquistar títulos.

A plateia permanece em silêncio, até se dar conta de que aquele era o discurso inteiro. O magnata trata logo de puxar as palmas. Ele não precisa mesmo falar muito. Afinal, o craque foi contratado para fazer gols e não para fazer discurso. O barulho de apitos, cornetas e gritos parece não caber no microssaguão do aeroporto.

À saída, fogos de artifício completam a festa. Vitinho desfila pela cidade em cima do caminhão dos Bombeiros, tendo o magnata de um lado, o prefeito de outro e o povo seguindo em cortejo. Um dia de glória. Misericórdia finalmente tinha o seu herói. É uma questão de tempo para a cidadezinha entrar no mapa-múndi.

Só às vésperas da estreia o Boladão descobre que Vitinho não participaria das três primeiras partidas do campeonato. Questão contratual, descrita nas letras miúdas do contrato. O dono do clube e o técnico do time esboçam surpresa, mas têm de se resignar diante das explicações do empresário do craque.

A primeira rodada de descanso é para ele se recuperar da viagem. Sabe como são essas coisas de fuso horário, né? Mexem com o relógio biológico da pessoa. As duas rodadas seguintes são para Vitinho entrar em forma. Um craque desse nível não pode entrar em campo sem estar cem por cento preparado. Por isso é necessário esse tempo para o condicionamento físico.

O técnico e o magnata se conformam. Afinal, não faria diferença o craque faltar às três primeiras rodadas, tendo outras treze pela frente para levar a equipe à final do campeonato. No fim, fica de bom tamanho para todos. E Vitinho estaria à beira do campo nessas partidas para incentivar os colegas.

O jogo da estreia se torna uma festa. O Boladão enfrentaria em casa um rival considerado fraco nas casas de apostas. Mesmo sem jogar, Vitinho entra em campo para dar uma força aos colegas, e são para ele todas as atenções. É a ele que os jornalistas recorrem para dar as suas impressões sobre a partida e o campeonato que teria pela frente.

— Sabemos da importância desta partida e da dificuldade que vamos encontrar ao longo do campeonato, mas precisamos buscar a vitória para sair na frente. O adversário é forte, mas nós estamos bem-preparados.

A equipe do Boladão sai abatida de campo após uma derrota por três a zero logo na estreia. Os jornalistas procuram Vitinho ao fim da partida, para uma avaliação do resultado. O craque acompanhou o jogo no banco de reservas, mas saiu rápido para o vestiário a cinco minutos do final, quando o placar já estava consolidado.

A partida seguinte seria no campo do adversário, o que exigiu do treinador um trabalho extra de motivação antes de entrar em campo. Tonhão fala de força interior, do orgulho da família, de carreira internacional. Nesse ponto, Vitinho interrompe a preleção para dar o seu testemunho de como a vida é boa nos grandes clubes do estrangeiro.

O Boladão volta para Misericórdia com o placar favorável de um a zero contra o Santa Futebol Clube. Coube a Vitinho ir à imprensa para dar a sua palavra sobre o bom desempenho no campo do adversário. Fala com entusiasmo sobre como sua palestra no vestiário foi decisiva para levar a equipe à vitória. Só esqueceu de mencionar o autor do gol, o Ticão.

O próximo desafio seria em casa, e outra vez Vitinho se converte na sensação nos momentos que antecedem o confronto. Todo mundo quer saber mais sobre a magia do craque

que consegue vencer um jogo sem sequer ao menos entrar em campo. Diante dos microfones, Vitinho discorre sobre força interior, vibrações positivas, táticas inovadoras aprendidas no exterior.

O Boladão vence pelo placar de dois a zero. Vitinho acompanhou o jogo do banco de reservas e no fim da partida sai carregado nos braços pelos jogadores da sua equipe. Os colegas se revezam às costas de Vitinho para aparecer por alguns segundos na televisão enquanto o craque dá entrevistas. Novamente suas palavras na prelação foram decisivas, segundo ele.

Vitinho faria a sua estreia no Boladão. A quarta partida do campeonato se daria na casa do adversário, o Peneiras. O time entra em campo quando, de repente, o craque desaba. No mesmo instante ele leva a mão direita ao tornozelo, a dor estampada no rosto. Com a outra mão, procura localizar no gramado o buraco em que metera o pé, provocando a torção.

O início da partida atrasa meia hora diante dos protestos do magnata do Boladão. Um craque do nível de Vitinho não pode jogar em um campo qualquer, não pode ficar exposto aos riscos de uma luxação pela imprudência da equipe adversária. Ele iria recorrer às últimas instâncias se fosse preciso para garantir os direitos do seu clube e a segurança do seu craque.

A equipe do Boladão saiu vitoriosa. Um a zero foi o bastante para os colegas carregarem novamente Vitinho nas costas. A vitória foi em homenagem a ele, o grande inspirador. E outra vez são dele todos os holofotes e microfones.

—Essa equipe guerreira sabe de onde tirar forças para vencer. Eu sei da minha importância para esse grupo e estarei sempre junto com os meus companheiros mesmo que eu esteja momentaneamente fora de combate.

As palavras reverberam por toda a imprensa, em áudio, vídeo e texto, dando força à imagem de Vitinho como o grande craque que levaria o Boladão ao título do campeonato. Mesmo fora das duas rodadas seguintes, o artilheiro estaria ao lado dos companheiros durante os jogos, às margens do campo. Era a ele que a equipe queria ouvir, e não mais ao treinador.

O Boladão vence as duas partidas e dispara na liderança. Vitinho a essa altura está dando entrevistas à imprensa como o fenômeno imbatível mesmo diante das piores adversidades. Não importa o que façam contra ele, o craque sempre vence no final. O técnico segue a rotina de escalar o time, mesmo sabendo que Vitinho teria a palavra final, embora o artilheiro nunca tenha opinado sobre a escalação e as táticas de Tonhão. Só dava ok para tudo.

Chega a sétima rodada, aquela em que Vitinho finalmente poderá mostrar todo o talento que o tornou famoso mundo afora. Todos estão na preleção no vestiário do campo adversário quando ouvem o grito de Vitinho e sua inesperada corrida ao banheiro. Os jogadores ainda estão boquiabertos quando chega a ordem da arbitragem para que compareçam ao campo, pois chegara a hora de dar início à partida.

O burburinho toma conta do estádio quando dão pela falta de Vitinho. O circo todo está armado para o espetáculo do artilheiro. O suspense se instala e a imprensa não deixa a partida ser iniciada sem que antes alguém dê alguma resposta sobre a ausência do craque. O magnata dono do clube faz os esclarecimentos.

— Estão armando contra o nosso clube para não ganharmos o campeonato. Algo muito sério está acontecendo. Nosso craque, o Vitinho, está neste momento se esvaindo em diarreia no banheiro do vestiário por obra de alguma sabotagem dos adversários.

Inicia-se uma corrida às especulações. Dentre todos os jogadores do Boladão, Vitinho teria sido eleito o alvo de uma sórdida tramoia. Alguém havia preparado uma armadilha e colocado alguma coisa na comida do artilheiro. E se fosse veneno? O magnata faria uma queixa formal à justiça desportiva. Alguma providência teria de ser tomada.

O acontecimento abala o time, derrotado por quatro a zero. Uma goleada dessas ninguém esperava. A equipe fica prostrada em campo igual ao craque no vaso sanitário. A derrota custou a liderança do campeonato. O Boladão agora está em segundo lugar na classificação. Mas dá para recuperar, ainda resta meio campeonato pela frente. E eles têm o craque da competição.

O desarranjo intestinal não trouxe maiores consequências, mas excluiria Vitinho da oitava rodada. O alento é que nada mais poderia deixar o artilheiro de fora das partidas seguintes. As campanhas espirituais pela pronta recuperação mobilizam padres, pastores, rabinos, profetas, gurus, monges, mães de santo. Todos os acontecimentos anteriores só fizeram crescer a expectativa em torno da estreia de Vitinho. Se ele já havia feito tanto sem entrar em campo, imagine quando entrar.

Quis o destino que a tão aguardada estreia se desse em casa, na nona rodada. Todos em Misericórdia estão em êxtase. À medida que o campeonato avança, aumentam os preços dos ingressos dos jogos. Pais deixaram de comprar o lanche dos filhos na escola para juntar dinheiro para assistir ao jogo. Afinal, é uma oportunidade única de ver Vitinho jogando. Ele faria um gol, com certeza, ou mais de um, e todos querem estar lá para ver esse momento histórico.

O estádio Misericordião está lotado. Até os torcedores de cidades vizinhas vieram para assistir ao grande craque.

Um telão foi instalado do lado de fora para atender à multidão que não conseguiu comprar ingresso. Logo à entrada do estádio, um grupo de torcedores cerca o ônibus onde está a delegação do Boladão. Os jogadores vão descendo, mas é Vitinho que todos querem ver, querem tocar.

Uma providencial obra do acaso pôs Vitinho frente a frente com uma parte desses fãs. Vê-lo não basta, todos precisam tocá-lo. Nessa investida do público, Vitinho vai ao chão. O arranhão no braço bastou para colocá-lo em repouso. Está no contrato, avisa o empresário, o craque não pode jogar em caso de lesão, seja qual for.

Muito choro e comoção diante do anúncio no sistema de som do estádio avisando que Vitinho não poderia jogar porque sofrera um ataque na entrada do estádio. Sob ameaça de linchamento, o grupo de torcedores desastrados precisou de proteção policial. O acontecimento abala também os colegas de Vitinho, que perderam a partida por dois a zero.

Vitinho ficaria de molho também na décima rodada, até a pronta recuperação do cotovelo. Com o braço enfaixado, ele estimula os companheiros na beira do campo, levando-os a uma vitória apertada por um a zero. Foi o suficiente para o Boladão recuperar o segundo lugar na classificação, que havia perdido na última derrota.

O campeonato se encaminha para o seu terço final e Vitinho se incorporaria à equipe na décima primeira rodada. A mesma euforia de antes se instala entre os torcedores. Agora, no entanto, a direção do Boladão, junto com a diretoria do estádio, toma as devidas providências para evitar o incidente que havia colocado o artilheiro fora de combate duas rodadas antes. Logo, o espetáculo está garantido.

O interesse em torno de Vitinho cresce a cada jogo que ele não disputa. Um craque com fama internacional não pode simplesmente deixar de jogar por circunstâncias menores. Mas sempre há o risco do imponderável. Uma tempestade se abate sobre o estádio do time adversário onde se daria o confronto, e o empresário do artilheiro se vê obrigado a exibir ao magnata do Boladão as letras miúdas do contrato.

Diante dos muitos incidentes já registrados envolvendo jogadores atingidos por raios durante partidas de futebol, o empresário se esmera na proteção do seu atleta. Não há por que expor o artilheiro a um risco desnecessário. Diante do argumento, não coube ao magnata senão aceitar as condições. Os outros jogadores, menos valiosos no mercado da bola, que corram os riscos por conta própria.

Ao final da partida, o zagueiro Bastião questiona no vestiário o motivo da ausência de Vitinho em campo. Por que os demais teriam de se expor aos perigos da tempestade enquanto ele ficaria a salvo em uma área coberta, mesmo que fosse na lateral do campo? E cadê as provas de que Vitinho é isso tudo que falam dele?

– Bastião, Bastião, você não sabe de nada – interpela o empresário durante a reunião convocada para esclarecimentos. – Vitinho sozinho vale mais do que todo o resto do time junto. Qualquer um de vocês atingido por um raio não iria valer dez por cento do investimento que o clube fez no Vitinho. Sem contar a repercussão negativa que isso teria na imprensa. É isso que você quer, acabar com o clube?

Após um silêncio profundo se instalar no local por alguns segundos, o lateral Miltão insiste no debate ao questionar as provas que demonstrem que Vitinho é realmente tudo isso que falam dele. O empresário começa a explicar que Vitinho saiu ainda criança para jogar no exterior, fez a vida nos campos estrangeiros e por isso não ficou conhecido em seu país.

—Vitinho é craque, não precisa provar nada para ninguém – insiste o empresário. – Já imaginaram se esse tipo de questionamento dentro do próprio clube cai na boca da imprensa? Vai acabar com o Boladão.

O empresário salienta que o ambiente adverso na equipe, com um clima de inveja em relação a Vitinho, também está previsto no contrato. O ponto em que chegaram os ânimos no vestiário do Boladão daria, com folga, quatro rodadas de descanso para a recuperação emocional de Vitinho. O magnata se dá conta que, na ansiedade de vê-lo contratado, não prestou atenção às tantas letras miúdas do contrato.

O artilheiro esteve presente às quatro partidas seguintes, fazendo gestos à beira do gramado, ainda que os jogadores não lhe dessem a mesma importância de antes. Vitinho soube manter o seu jogo de cena a ponto de nenhum jornalista perceber a indiferença que vinha de dentro do campo. Os demais jogadores já não dão bola, deixam que ele diga o que quiser dizer nas entrevistas.

O Boladão disputará a final em casa contra o único adversário em condições de também levar o título. Quem vencer por qualquer placar será o campeão. Desta vez não há impeditivo contratual que possa deixar Vitinho de fora da partida. O Boladão nunca havia chegado a uma final, e muita gente atribui a façanha ao craque contratado a peso de ouro.

O grande feito do time de Misericórdia desperta o interesse inclusive da imprensa internacional, dada a curiosidade do desempenho de um jogador que não havia entrado em campo nenhuma vez. Chegara o momento de revelar ao mundo a sua habilidade de artilheiro.

Um batalhão de repórteres cerca Vitinho na saída do vestiário para ouvir da estrela maior do campeonato as suas impressões sobre a final contra o time do Catadão. O craque não perdera força como figura representativa da equipe, apesar da sequência de contratempos. Não há alternativa senão manter a representação no seu último ato.

— Jogar com o Catadão sempre é muito difícil, porque é uma equipe forte que sempre luta pela vitória. Mas precisamos buscar o gol, criar chances, porque às vezes só basta uma chance para fazer o gol e sair com a vitória.

O clima entre os colegas de equipe não está nada bom, e Vitinho sabe disso desde o questionamento dos zagueiros no vestiário. Precisa encontrar uma saída urgente. Há jornalistas e microfones por todos os lados, muitos refletores nos olhos, perguntas demais nos ouvidos. Um movimento rápido, um microfone no olho.

O craque é atingido, está fora de combate outra vez. Um artilheiro que não consegue ver a bola não consegue fazer o gol. Terá de ficar orientando a equipe à beira do campo, como nas outras vezes. O Boladão vence apertado. Um a zero. O suficiente para o título. Os jogadores vão comemorar com o técnico no meio do campo. A imprensa procura Vitinho no lado oposto.

A imprensa não enxerga os jogadores do Boladão erguendo o técnico nos ombros. Os jornalistas estão mais preocupados em ouvir o artilheiro sem gols. Vitinho é o grande campeão, a sensação do momento. A atenção sobre ele cresce ainda mais quando, no meio da entrevista, o empresário surge para anunciar que Vitinho acaba de receber propostas de outros três clubes, mas prefere não citar nomes.

EXISTIR É ENCONTRAR A PALAVRA CERTA

O alarme entra fundo nos ouvidos. Está despreparado para o despertar, a ansiedade o consumira pela madrugada e não houve chance de conciliar o sono. Precisa conferir o retrato da sua boa figura no noticiário. Recolhe à porta o jornal encomendado na véspera e o folheia desconfiado, as palavras incompreensíveis. É o destinatário das reverências, as fotos atestam isso, mas alguém se prestou à ridícula brincadeira de fazer um jornal inteiro com signos sem sentido.

Os hábitos daquele país começam a dar nos nervos, isso de fazer pegadinha com os convidados. A irritação vai passando e ele mergulha na internet atrás das informações sonegadas pelo impresso. Os sites de notícias haveriam de estar falando do laureado do dia. O teclado não soa familiar, e a intuição o guia tecla a tecla. Leva um choque ao se ver incapaz de decifrar a tela. A garganta comprime. Nada é compreensível, embora a sua foto esteja em destaque.

A brincadeira está indo longe demais. Pensa na vulnerabilidade a que todos estão sujeitados no mundo digital, considerando este que parece ter sido um ataque hacker em escala global. Precisa escrever sobre isso quando voltar à casa. Senta-se na beirada da cama com o propósito de discar o número da recepção. Alguém teria de explicar essa mixórdia. Comprime os olhos diante do aparelho para ajustar o foco. Não consegue interpretar os sinais.

Tornara-se um custo descer à recepção. Tantos botões e nenhum informa onde deve descer. Ao fim de um tempo se debatendo entre um andar e outro, o recepcionista o socorre, um sorriso amistoso. O que diz, no entanto, é ininteligível. O tom efusivo do rapaz chama atenção dos hóspedes e olhos de admiração recaem sobre ele. Não pode estar louco. Todos o reconhecem, então tem razão sobre o porquê de estar ali. Cruza o saguão com mais confiança e passa pela porta giratória retribuindo com um sorriso a mesura do mensageiro. A cidade agitada, carros em vaivém frenético, pessoas apressadas.

Ar fresco, é disso que precisa. Pensa sobre esse inconveniente com o idioma e se lembra de como riu à exaustão quando um aluno comentou em sala de aula acerca de seus métodos de aprendizagem nada convencionais. Quando precisava conversar ou escrever em outra língua, vinha à mente trechos inteiros de diálogos decorados ainda criança nas histórias em quadrinhos. Ele tinha apenas o trabalho de mudar uma coisa e outra para inseri-la em conversas ou textos.

A escrita do aluno nesse idioma ficou elegante, pois os diálogos dos personagens dos quadrinhos eram inteligentes e bem elaborados. Quanto a ele, teve sólida formação em cinco idiomas, o que o credenciou a escrever livros e teses multilíngues e dar palestras mundo afora. Portanto, tem certeza de que tudo o que aprendera não pode ter simplesmente se esvaído da mente. Sente-se aliviado.

Os passos vão acomodando as ideias. A relação com a leitura sempre foi de paixão: os livros desde sempre funcionaram como um elo com o mundo. Ainda pequeno recebia livros de presente, e sempre que ganhava algo diferente pedia que trocassem por livros. A roupa se desgasta, o brinquedo se quebra, mas o conhecimento dos livros dura a vida inteira. Preferia uma palavra nova a um tênis da moda.

A relação com a escrita própria derivou naturalmente da paixão pela escrita dos outros. Escrevia de forma compulsiva em qualquer lugar, a qualquer hora. A inspiração brotava a todo instante e se via às voltas com a caneta na cama, na praia, no shopping, no campo. Isolado ou em público, sempre anotava o que vinha à mente, um jogo de palavras, uma rima inusitada, uma frase de efeito. As pessoas à frente, os seus gostos e jeitos, eram também objetos de análise para os seus escritos.

Nem sempre sabe como terminará uma história ao iniciá-la. Depende dos rumos da imaginação. Quando entrega um texto para alguém é porque já está pronto. O gesto é apenas uma delicadeza para com um parente, um amigo, um editor. Quando conclui um texto, é como uma libertação. Mata aquele texto e morre para aquele texto. Já não se pertencem, desfaz-se o elo sentimental. A relação passa a ser apenas de texto-escritor, escritor-texto. Cada um segue o seu destino.

Foi essa habilidade com a escrita e a capacidade de interpretar os mais diferentes signos linguísticos dos variados povos que o levaram ao país onde se encontra agora. Está na vitrine do mundo, conduzido pelo ofício que sabe exercer como poucos, prestes a receber a maior das láureas. Ajusta os pensamentos e se põe a andar. Endereça à mulher que passa o mais gentil dos cumprimentos e recebe em troca uns sons nada amistosos, seguidos de um indecoroso gesto com as mãos.

Para em uma livraria para conversar com alguém, para ter a certeza de que não está à beira de um colapso. Na entrada, a miríade de palavras expostas nas mais variadas publicações quase o coloca a nocaute. As vistas cansam, o cérebro dá sinais de travar. O atendente esboça algo, está evidente na expressão no rosto, no movimento dos lábios. Mas o que diz, afinal? O rapaz volta a manifestar algo com mais ênfase, diante do mutismo do estranho.

Há gente naquele lugar e sente que pode confiar o seu drama àqueles desconhecidos. Gasta o tempo que julga necessário narrando os acontecimentos, dando uma grave entonação aos episódios que considera os mais dramáticos. Ao término da explanação, o suor cobre a fronte. Espera ansioso por uma resposta diante do impacto que supunha ter causado na restrita plateia. As pessoas se entreolham por alguns parcos segundos e explodem numa algaravia. Os sons entram fundo nos ouvidos, tal como o despertador, mas não sabe decifrá-los.

As expressões faciais, no entanto, dizem tratar-se de intensas gargalhadas. Como podem rir de tamanha tragédia? Esboça palavrões, dá as costas e retira-se sob os efeitos da zombaria. Sai atordoado, sentindo-se como se as palavras que quer dizer são simplificadas de tal forma a se tornarem pequenas marionetes irrisórias assim que as pronuncia. Marionetes sem controle, no caso em questão. Na impossibilidade de se fazer entender, percebe que sua língua, seja qual for a essa altura, tem consistência própria, indecifrável para os demais.

Quando criança, antes de ter os livros por companheiros, tinha um medo terrível de nunca aprender a ler e escrever. Via todos da família com livros nas mãos e em seguida conversando sobre coisas que ele não fazia ideia do que se tratava. As bocas se mexiam e não entendia o que falavam. Esse temor o arrastou para um labirinto de outros temores. Por um longo período foi perseguido por pesadelos em que era uma criança que não conseguia ouvir e tampouco falar. Estava preso a um mundo mudo e sem letras.

A devoção aos livros dissipou todos os temores e passou a ter o impulso de transformar em palavras o que sentia. Desde cedo a palavra tornara-se um barômetro orientador.

Daí surgiu o escritor afamado pelas tantas histórias polifônicas e multilíngues. Agora, num país estranho, se vê preso ao pesadelo de infância, num mundo mudo sem letras. Sente-se obrigado a retornar à condição primitiva de compreender o gestual e a entonação de cada palavra dita ou não.

É um escritor e não consegue se comunicar. Escreve para se autoafirmar, para responder a si mesmo quem é. Acredita que só passa a existir quando encontra as palavras certas. Como escritor, só existe ao se expor à avaliação do outro, submetido às reações favoráveis ou contraditórias. Escrever é submeter-se ao juízo alheio, eis o grande risco do autor. Uma estratégia de defesa é enunciar o discurso a partir de uma pretensa posição dominante.

Reflete a respeito ao lembrar-se do exercício que propõe aos alunos desde as suas primeiras aulas, colocando-os frente a frente com o filósofo de sua maior admiração. Não o filósofo em pessoa, mas o filósofo convertido em letras. Tratava-se de um jogo de pergunta e resposta, tendo a segunda sido pronunciada com antecedência. Desse exercício brotam entrevistas a partir de um prefácio já escrito.

E assim os discípulos inquirem o filósofo-em-letras sobre como se estabelece a relação de poder do autor sobre o leitor. A resposta já dada afirma ser grande para quem escreve a tentação de legislar sobre o resplandecer de simulacros, a vontade de ditar uma forma por prescrição, carregar o texto com uma identidade própria, impor-lhes uma marca que daria a tudo um certo valor constante.

Sendo as perguntas ajustadas às respostas, e não o contrário, o professor pretende provar como o discurso pode ser ajustado segundo a conveniência de quem ambiciona estabelecer uma relação de poder. Mas, em qual instância se inicia uma relação em tais termos?, seguem os novatos atrás de explicações. O prefácio é o ato primeiro com o qual se começa a estabelecer a monarquia do autor. Trata-se de uma declaração da tirania, portanto, explica o filósofo.

O que deseja o autor colocando-se nesta posição? Ambiciona ordenar ao leitor que tome suas intenções como dogma, esclarece o pedagógico filósofo. Almeja que o leitor ajuste sua leitura, suas análises, suas críticas, ao que ele pretendeu dizer. Ao admitir os limites do seu empreendimento, busca limitar a liberdade do leitor; se confessa alguma fraqueza, é estratégia para evitar a ameaça de ter seu livro objetado por outro mais belo do que o seu. Por essa razão, prossegue o filósofo, o autor proclama-se o monarca das coisas que disse e mantém sobre elas a soberania de sua intenção e do sentido que lhe quis atribuir.

Os aprendizes notam o peso da crítica a autores de tal perfil. Com algum receio, indagam sobre algo que lhes parece incompreensível: se não se deve carregar nas impressões do próprio livro, o que esperar de uma obra autoral? O paciente filósofo não esconde o desejo de que um livro nada seja além das frases de que é feito, que não se desdobre no primeiro simulacro de si mesmo que é o prefácio, que pretende oferecer sua lei a todos que, no futuro, venham a formar-se a partir dele.

Podemos concluir que o senhor propõe o livro como uma palavra aberta a tantas interpretações quanto se queira dar a ela?, insinuam os alunos. É de se supor a satisfação do filósofo ao afirmar antecipadamente que sim, pois gostaria que ele se fragmentasse, se recopiasse, se repetisse e desaparecesse sem que ao autor coubesse reivindicar a soberania nem impor o que o livro queria dizer ou o que devia ser. Com ênfase, o filósofo deseja que o livro tenha o altruísmo de apresentar-se como discurso, simultaneamente batalha e arma, conjunturas e vestígios, encontro irregular e cena repetível.

Sempre há satisfação no rosto do professor ao fim de cada exercício. Nota aqueles quantos olhos de interrogação e logo volta à carga mesclando suas próprias conclusões com as respostas-críticas do filósofo. Todo autor passa pela tentação de legislar sobre o texto, vive da ilusão necessária de que seu texto seja interpretado do jeito que estabeleceu, mesmo que talvez venha a saber que nunca terá a palavra final, que lhe foge ao controle a interpretação do leitor.

Trata-se de uma ilusão necessária, posto que, do contrário, não haveria diálogo possível, não haveria a razão primeira do autor, que, de certa forma, é impor-se pela palavra escrita. Tem-se desse modo a relação de poder de que trata o filósofo. E assim vive-se uma dolorosa ambivalência, conclui o professor: ninguém escreve para não ser lido, assim como não escreve para ser questionado. Não quem esteja em seu juízo perfeito.

O autor precisa que acreditem no que escreve. Espera que o leitor embarque cego de confiança nos seus escritos da mesma forma que embarcaria num avião sem cobrar as credenciais do piloto. Precisa ter do leitor uma relação de confiança naquilo que escreve, mas que não pode ser confinada às palavras. O texto faz fluir a imaginação. Eis a gênese do paradoxo.

O texto precisa ser necessariamente envolvente, e a essa altura o leitor será capaz de fazer suas próprias combinações de ideias, poderá criar outras histórias a partir das ideias do autor, chegar a outras conclusões. Está cumprida a missão do texto, ensina o filósofo, de dar início à sabedoria do leitor no exato momento em que termina a do autor. A este não cabe dar respostas, antes desejos.

Em meio à agitação da rua, vem de tudo à mente, menos a decifração dos códigos daquele lugar estranho. O episódio na livraria o pôs em alerta. Está sempre à frente dos acontecimentos, o que o coloca em posição privilegiada no mais das vezes. Inclusive nas coisas mais simples, como o fato de sempre levar no bolso um pequeno guia do país que costuma visitar, e dele extrai as palavras que dão a certeza do que tem a dizer quando elas escapam nos vãos da memória.

Toma o guia às mãos com certo alívio, como se ali contivesse a explicação para o absurdo em andamento. Larvas tomam o branco das folhas ao abrir o livreto. Joga-o ao chão. As larvas ganham a forma de letras. Uma a uma, tombam na calçada a, b, c, d, e, f, g, h, i, j, k, l, m, n, o, p, q, r, s, t, u, v, y, x, z. Muitas são múltiplas de si e rastejam pela guia da calçada.

As palavras lhe escapam como escapa o sentido da vida. Logo ele, que sempre tomou a palavra como algo sagrado, que sempre julgou necessária a reciprocidade entre o mundo e a palavra. Esta existe para explicar algo que se distingue dela, mas que pode ser explicado por meio dela. A palavra pode ser um espelho a refletir o mundo de maneira direta, ou pode ser uma sombra dando sentido figurado às coisas. A palavra permite saber mais do que se enxerga.

Volta-se às memórias como forma de amparo ao absurdo presente. Não é de hoje que o homem quer saber mais do que enxerga, decreta aos alunos, e por longos séculos acreditou-se que a Terra fosse plana simplesmente porque não se conseguia enxergar além do alcance dos olhos. No lastro das descobertas, o homem passaria a cogitar a existência de outras realidades que não aquela por ele acessada.

Essas descobertas trouxeram a inquietação de que o mundo objetivo independe da cognição humana, contrapondo-se à noção idealista de que o sentido e a compreensão de um objeto dependem apenas do observador. O homem começava a questionar se o mundo poderia ser só uma construção que começa e termina na sua própria experiência. Haveria algo para além da experiência humana?

Não enseja dúvidas dos pupilos ao afiançar que é precisamente a curiosidade de querer enxergar além do que se vê o alimento dos escritores. Escrever é despertar no outro a capacidade de acreditar no que não vê. Escrever é dar forma ao mundo, porque sendo a linguagem o meio de apreensão da realidade é também o meio de a expressar. Em algum ponto desse processo alquímico, escrita e realidade se entrecruzam.

As dúvidas, contudo, se infiltram na mente dos aprendizes. De que realidade se está escrevendo, visto que ela mesma está em constante transformação, assim como o homem se transforma a todo instante e a transforma junto consigo? Em que momento algo deixa de ser ficção para se tornar real? O professor devolve os questionamentos indagando se não seria tudo o que existe no mundo físico relativo a um observador?

Quando alguém observa um objeto e comenta sobre ele, o que é comunicado é o produto do que se pode observar, junto com o que o objeto pode oferecer e com o que a linguagem pode representar. Em outras palavras, não pode ser comunicada a verdade como ela é, o objeto como ele é, mas a verdade e o objeto possíveis e compreensíveis naquele momento, naquele lugar, por aqueles sujeitos.

Uma história não se esgota na palavra. O autor não é neutro, será um sujeito oculto na história. Sempre haverá no relato características do seu narrador. Assim, o receptor faz sua leitura da realidade a partir da leitura fragmentada do autor. A realidade não é um dogma, pois este é uma sentença que não admite outras, já a realidade é múltipla, e igualmente múltiplas as suas interpretações.

Neste instante lembra-se de que é sobre a realidade escrita e a escrita da realidade o tema do discurso que fará na solenidade de entrega do prêmio logo mais à noite. A memória não lhe escapara de todo. Os acontecimentos o desnortearam e se dá conta de que não sabe onde está. Tinha caminhado a esmo enquanto tentava organizar as ideias desde o episódio na livraria.

Só nesse instante começa a reparar nas pessoas ao redor. Passa por uma mulher, a letra m estampada no rosto. Ao lado, um grande s nas costas do rapaz. Mais à frente, outro jovem levava o p grafado no peito. São letras enormes, e parecem crescer à medida que fixa os olhos nelas. Sente uma vírgula rastejar sobre os seus pés.

Um rosto familiar se aproxima. Preme os olhos, pisca uma quantas vezes para limpar a córnea de modo a ajustar o foco. Tem a certeza de quem se trata, mas o rapaz vai se transformando à medida que se acerca. Ele todo é um x, e logo atrás dele vem um w, e um u, mais o y, o h. Olha para os lados e se vê cercado pelo alfabeto inteiro. As letras estão nos carros, na estação de metrô, tomando café, sentadas nos bancos da praça, andando nas calçadas.

Falaria sobre escrita e realidade na premiação, mas nada do que vê parece real. Lembra das aulas sobre outro filósofo de sua preferência, com uma perspectiva divergente sobre a realidade, para quem só numa relação com a experiência pode-se adquirir uma ideia justa acerca do que seja a realidade. O real é dado no marco da experiência possível e, por isso, só é real o que concorda com as condições materiais da experiência, da sensação.

Na dicotomia realidade versus experiência sugerida pelo filósofo, a primeira é o que existe em si e a segunda é o que os sentidos nos dizem sobre essa existência, embora a informação possa ser falsa. Ao se assumir essa dicotomia, admite-se que tudo que se conhece acerca da realidade está fundado na experiência. E nunca temos contato direto com a realidade. Desse modo, não haveria nada para além da experiência.

Desta forma, o mundo externo é uma construção indevida, pois tudo começa e termina na nossa experiência. Se normalmente algo só nos parece real quando alcançável pelos sentidos, este algo só existe, só é real, quando faz sentido para quem o experimenta. Mas a realidade em si é composta de dualidades, e precisa ser relativizada, adverte aos alunos. Tudo é dual, homens e mulheres, frio e calor, prazer e dor, amor e ódio, belo e feio, bem e mal.

As dualidades existem, são reais, mas não verdadeiras. Aos olhos interrogativos dos alunos, o professor costuma propor que façam a distinção entre ilusão e realidade. A ilusão é o que parece ser, mas muda constantemente e pode fazer com que aquilo que ontem deu prazer, hoje dê tédio. A realidade é algo que está, mas é circunstancial porque pode ser modificada, e, assim, algo que hoje está, amanhã pode deixar de estar.

O alfabeto inteiro está nas ruas, com seus múltiplos sinais. Atordoado, senta-se no meio-fio para se recuperar da vertigem. Reflete sobre o seu esforço em querer mudar a realidade por meio da palavra escrita, de fazê-la interagir com seu objeto de estudo, a realidade. Até se permite uma analogia com o método de outro dileto filósofo e educador, que descarta a mera descrição da realidade, sugerindo avançar na análise de como ela se produz e se reproduz no curso da história.

Este é um ponto que talvez até fale de improviso no discurso ao receber o prêmio. Nesta filosofia, mostrando as possibilidades de transformação da realidade, o escritor poderia desempenhar um papel revolucionário. Teríamos nesta literatura um instrumento não só de compreensão, mas também de transformação da realidade. O autor se coloca na condição de se posicionar frente aos acontecimentos, dando condições ao outro para também se posicionar.

Esta postura é necessária porque a realidade não muda por si só. Aprendeu com seus professores que o homem tende a captar uma realidade e fazê-la objeto de seus conhecimentos, e, à medida que é mais bem compreendida, novas hipóteses podem surgir. O homem termina por criar um mundo próprio a partir da realidade circundante. E a cultura, totalidade de criações humanas, é resultado da consciência humana do mundo e da possibilidade de transformá-lo.

Se uma realidade for vista como algo imutável, ensina o filósofo-educador, os indivíduos tendem a adotar uma postura fatalista e sem esperança, levando-o a buscar fora da realidade a explicação para sua impossibilidade de atuar, uma percepção mágica da realidade. É necessária, pois, uma mudança de percepção da realidade, de distorcida para crítica.

Tudo está em notas complementares de apoio, para o caso de algum improviso no momento do discurso. Leva a mão ao bolso em busca do papel com as anotações. As letras correm apressadas atrás dele em tal profusão como as que brotam no visor da tela do computador diante dos dedos frenéticos no teclado. Uma delas, o k ou talvez o f, ele não identifica, esbarra em seu ombro e o derruba na calçada.

O choque da cabeça contra o meio-fio o atordoa. Suspende os olhos e o vulto se agiganta à sua frente, o sorriso nos lábios, o aceno de velhos conhecidos. O escritor tenta esboçar algo, mas as palavras lhe escapam. Guarda para si o espanto e capitula. Retira do bolso as anotações do discurso. Imóvel, cabeça inclinada rente ao chão, vê as letras saírem apressadas do bloco. Movimentam-se de maneira ordenada e entram pelos vãos da calça e da camisa. Sente-as rasgando a carne.

ENSAIO SOBRE QUEM SOMOS

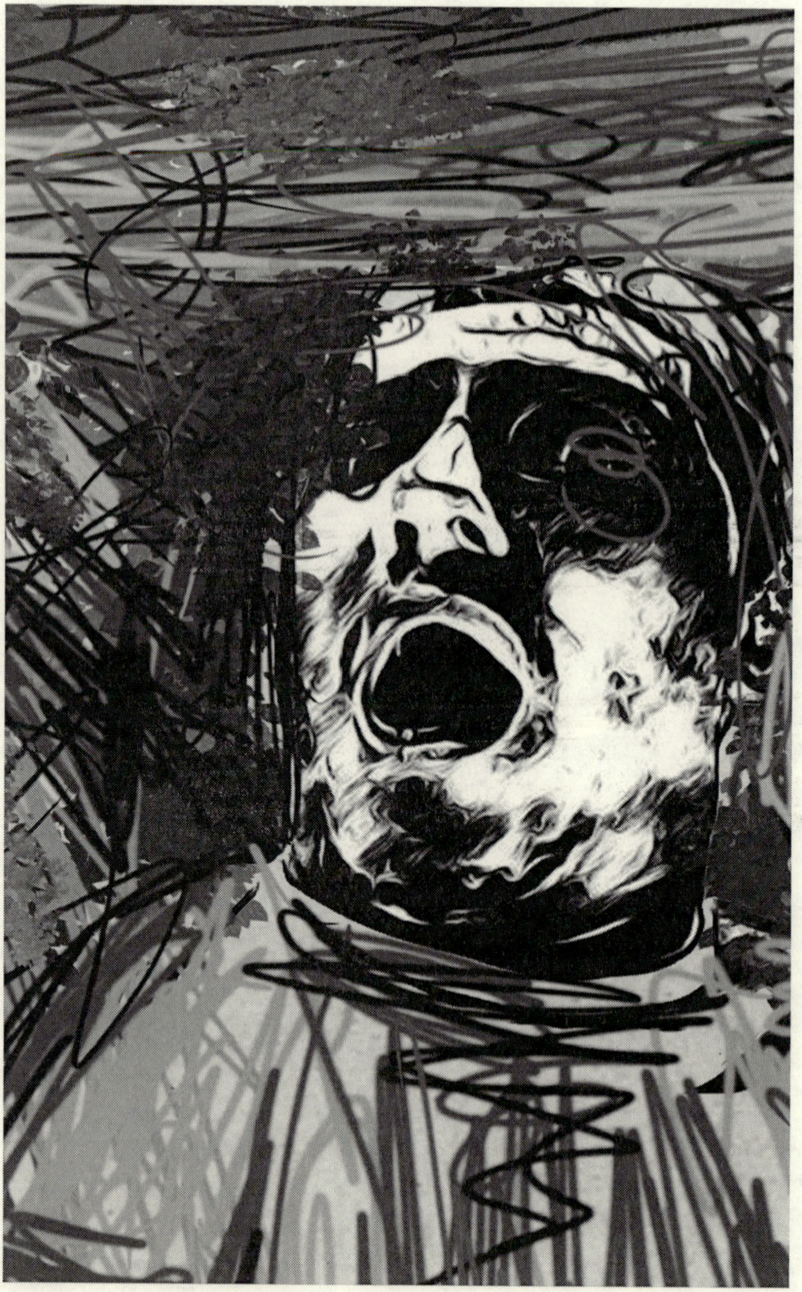

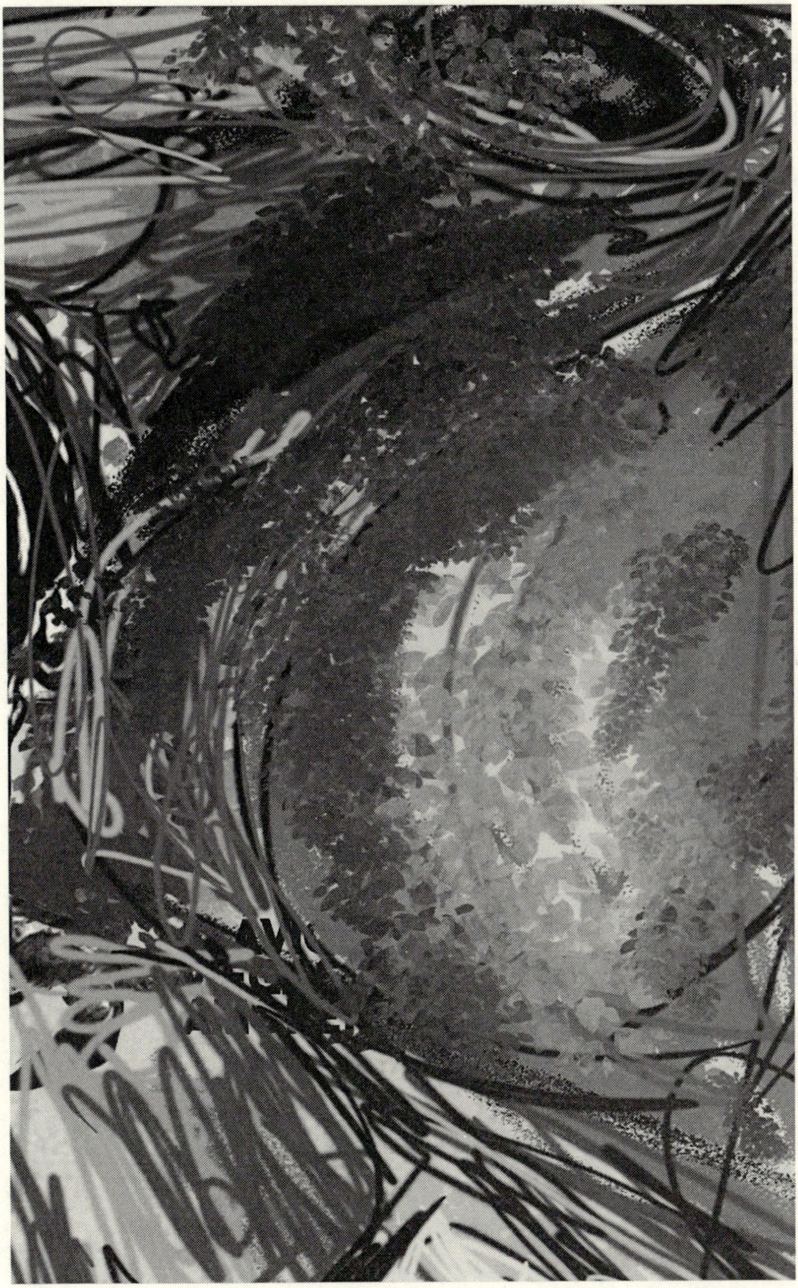

PAPEL PÓLEN SOFT 80 G/M²

FONTES LINUX LIBERTINE G 12 E THE BOLD FONT 14

IMPRESSO NA PRIMAVERA/2022